啄木断章

碓田 のぼる

本の泉社

啄木断章〈目次〉

啄木詩「老将軍」考　―越境するナショナリズム―

啄木詩「老将軍」考

―越境するナショナリズム―

はじめに

石川啄木の詩「老将軍」は、戦前、数奇な運命をになって現われ、全集に収録されたのは戦後になってからである。

この詩は、一九三四年（昭和九年）、木村毅によって発見された。啄木はこの詩の存在にかかわることはその著作物の中で一切ふれていない。この詩にかかわる記憶のすべてを遺棄したと思える。

私が、この詩への関心をもってから十年以上になる。本稿では、啄木詩「老将軍」発見の経過と、それにからむ関係者の言説の検討、また、それにともなって浮上して来た啄木の父一禎の渋民村曹洞宗宝徳寺の住職罷免の経過、それにかかわる総本山曹洞宗宗務庁の新資料の紹介などを含め、詩「老将軍」は、はからずも啄木の「明治ナショナリズム」が、その越境をめざしていく発端の位置にあったのでは、といった諸点を述べようとするものである。

一、啄木詩「老将軍」発見の経過

（一）

一九三四年（昭和九年）九月十日付の「東京日日新聞」に、作家であり評論家である木村毅のエッセイ「石川啄木の逸詩」が掲載された。四百字原稿用紙で四枚半をこえるものである。「東京日日新聞」は、明治五年二月二十一日に創刊された、東京最初の日刊紙で、昭和十八年一月一日「毎日新聞」に統一、今日にいたっているものである（『日本近代文学大事典』第五巻による）。

木村毅は、このエッセイを次のような言葉で書き出している。

「逸詩といふ言葉があるか無いかは知らぬ。逸文といふのは、目こぼしになつて、多くの人の気づいてをらぬ文章のことだから、それに倣うて、もし無いとしても、逸詩といふ言葉を作つたつて構はんだらう」

「逸詩」という造語を作り出した木村毅は、このエッセイを書く三、四ヶ月前に、博文館発行の『写真画報第十三号』(明治三十八年一月一日発行)に、五連二十行の啄木詩「老将軍」が載っているのを発見する。そして、次のようなことを考えた。まず第一に、この詩がどうして「啄木の第一詩集『あこがれ』(明治三十八年五月三日刊行・引用者)の中に採録されてゐないのか」に疑問をもった。「つまらぬからと思つて、自分で捨てたのだらう」と推測したものの、『石川啄木大全集』(改造社版)にも出ていないし、「諸家の啄木研究の中にも言及されてをらぬ」所から疑念を深め、さまざまな想像、空想を描いていったというわけである。木村毅が『石川啄木大全集』と言っているのは誤りで、恐らくこの時点で、もっとも新しい昭和六年(一九三一年)刊の、改造社文庫版全八巻の『石川啄木全集』(吉田孤羊編集)を指したものであろう。

木村毅はここで、五連二十行の啄木詩「老将軍」の全詩を紹介している。

老将軍

老将軍、骨逞ましき白龍《りゆう》馬
手綱ゆたかに歩ませて、

たゞ一人、胡天《こてん》の月に見《み》めぐるは
沙河《さか》のこなたの夜の陣。

けふ聞けば、敵軍大挙南下して
奉天の営を出でしとか。
おもしろや、輸贏《ゆえい》をこゝに決すべく
精兵十萬、将士足る。
銀髯を氷れる月に照らさせて
めぐる陣また陣いくつ、
わが児等の露営の夢を思ふては
三軍御する将軍涙あり。

發《ひら》いては、萬朶花《はな》咲《さ》くわが児等の
精《せい》気《き》、今凝る百錬の鉄。
大漠《たいばく》の深《ふ》け行く夜を警《いま》しめて

一声《いっせい》動く呼笛《うご》の音。

明けむ日の勝算《しょうさん》胸《むね》にさだまりて、
悠《ゆう》々馬首《しゅ》をめぐらすや、
莞爾《かんじ》たる老将軍《ろうしょうぐん》の帽《ぼう》の上に
悲雁《ひがん》一連月に啼く。

（注）胡天（未開の地）。輸贏（勝敗のこと）。大漠（広い砂原、砂漠）（引用者）

木村毅は、自問自答を重ねる。啄木がこの詩を『あこがれ』に採録しなかったのは、つまらぬからと思ったのではなく、「啄木は自分のこの詩が、写真画報に発表されてゐる事は、死ぬまで知らないでゐたのだ」とし、なぜ知らなかったかは、そもそも、この詩は、「初めから写真画報宛に投稿されたのではあるまい」とした。その理由は、「啄木があんな戦争専門の通俗雑誌に、大切な詩稿を投じたとは考へられない」というわけである。

木村毅は続けて、この話は本来「当時、日本雑誌の最高峰であつた『太陽』へ投ぜられたのだ」が、博文館の編集では「十種もあつた雑誌の間で、時々原稿を融通し合つてゐた」

ので、『太陽』の長谷川天渓が、『写真画報』の押川春浪にまわしたのではないかと想像する。そんなことは「投稿者啄木の夢にも知らなかつた事」で、「あの詩は屑籠に丸めこまれたものとあきらめてゐたのであらう」というのが、木村毅自身が言うように「大胆な空想」的エッセイの結論である。

木村毅の「石川啄木の逸詩」は、推測や空想的部分は面白いが、しかし、「逸詩」となった根本の問題には迫っていない。記述自体にも矛盾がある。たとえば「大切な詩稿」であるから「写真画報」などに送るはずがないと述べながら『太陽』ではボツになり「屑籠に丸めこまれ」てしまって、「第一詩集にも拾はれず、今日まで多くの研究家の眼こぼしにもなつてゐたので」と言うが、雑誌でどう扱われようと、作者にとって「大切な詩稿」を作者自身が全く忘れてしまったことの説明にはならない。木村毅は、自分の設定した空想路線に啄木もはめ込んでしまっている。「空想」と言っているのだから、あまり責めるわけにいかないが、『啄木全集』の関係では実は重要問題をはらむ。

『石川啄木全集』(筑摩書房版・以下『全集』と略)を見れば明らかな事であるが、啄木は実に些末な文章の一節まで、克明に残している。

たとえば、次のような例がある。

（無題）
眠りの安けさが
胸の上で舞ってゐる
そのやわらかい裳裾が
時々に私の心に触れる
その度に眠くなる
（『全集』第三巻・「創作ノート」・四二六頁）

（無題）
数しれぬ星はあれども
そのむかし我の眼鏡に
うつりしは一つなりけり
（『全集』第二巻・四五六頁）

死と友人
一人の男自殺す。
残れる友人二人の心裡
（『全集』第三巻・四三五頁）

郷音
上野ステーション。
電車の客。
（前同・四三六頁）

「老将軍」の詩は五連二十行で、その詩の内容の出来、不出来は別として、まとまったものであり、まさに些末としか言いようのない前述の文章の端切れとは比すべくもない。しかし、啄木の残した著作物の一切に、「老将軍」の詩の一片どころか、かげさえも無い。「忘れてしまった」事とするには、余りにも異状である。そこには啄木の何らかの意志の働きを感ぜざるを得ないのである。啄木は、なぜ「老将軍」を忘れてしまったのか——。いや、私のこれから述べたい本稿の筋道で言えば、啄木はこの詩を生涯、記憶の中に厳重に封印し、木村毅流に言えば、作者からさえ捨てられ、忘れられた姿——「逸詩」として漂流させたのである。

（二）

木村毅の「石川啄木の逸詩」への最初の反応は、石川正雄の『父啄木を語る』（一九三六年四月十三日・改造社）である。木村毅のエッセイの発表から、二年半後である。

石川正雄は、この著書の最後に「付録」として、新発見の啄木詩「老将軍」を採録し、「解説」を付している。その「解説」は、この詩が発見された経過——木村毅の「石川啄木の逸詩」——を紹介し、新発見の意義を評価しつつ、木村毅の想像的エッセイの延長線上に、作詩時期と詩の内容について、四百字三枚半ほどのコメントを加えている。この文章の文脈はやや混乱し、矛盾をもっている。

まず作詩時期の想像について。「老将軍」の中の「敵軍大挙南下して」とあることからであろうが、クロパトキンが南下命令を出した十月八日から、沙河会戦で日本軍の勝利が十四日には確定し、十五日以降は「勝利が日本内地に喧伝されていゐた筈」（四一八頁）だとし、「十月八日以降十五日までの作と思はれる」とした。その頃啄木は「再度の出京を計画し、それらの相談をもつて小樽なる姉のもとに旅行中で、十九日に帰郷してゐる」。小樽では、姉が重病だったので、その看病のかたわらでの「徒然の作でもあつたらうか」と推測している。啄木が渋民村を出て、小樽の姉の家についたのは十月二日であり、帰宅したのは十月十九日であるから、「徒然の作」の期間は、十月二日から十九日までとなる。しかし、啄木が小樽に着いた時は、沙河会戦の勝利は確定していなかったから、十月二日から十三日までは除かなければなるまい。とすれば、この旅行中の作とは、「十月十四日以降十九日まで」ということになる。石川正雄が最初に推定した作詩時期は、実は、詩「老将軍」の上に流れる詩的時間の推定であって、啄木の現実的作詩時間とは別個のことである。

石川正雄は「解説」の中で、啄木が上京後、金田一京助へ送った手紙（明治三十七年十二月二十五日）の、「本月太陽へ送りたる稿〆切におくれて新年号へは間にあはぬとの事天渓より通知があり、この稿料（？）来る一月の晦日でなくては取れず」という部分を引用して、「前後から推すとどうもこの辺に該当する。（？）とあるからにはもとより頼まれたものでなく売り込みのつもりだつたらう」と言っている。この文脈の中では、石川正雄は、『太陽』

へ送ったのは「老将軍」の詩であろうと推定してのことである。石川正雄は、「老将軍」が、小樽の姉を見舞った折りの啄木の「徒然の作」だろうと言っていた。もしこの頃の作だとすれば、どう考えても一月号の雑誌の〆切りには間に合うはずであるし、かりに「新年号へは間にあはぬ」とすれば、翌月号まわしということになろう。

『太陽』二月号に登場している啄木の詩は、「老将軍」ではなく「暁霧」であるから、石川正雄の推定はなり立たない。したがって、新年号に間に合わなかったのは「老将軍」ではなく、むしろ二月号掲載の詩「暁霧」と考えた方が合理的と言えよう。

啄木の詩が『太陽』に掲載されたのは、明治三十七年（一九〇四年）と翌年を通じ、合計次の五回である。

〈明治三十七年〉

六月号「夢の花」

八月号「マカロフ提督追悼」

十二月号「枯林」「お蝶」

〈明治三十八年〉

二月号「暁霧」
三月号「落葉の煙」「梟」

この掲載間隔を眺めていると、「暁霧」が一月号用原稿として注文されていたと考える方が、自然のような気がする。

石川正雄は、「老将軍」とは、「日露沙河の大戦にわが三軍総司令官たりし大山元帥のことであらう」(前掲書四二八頁)と言っているが、勿論これは想像に過ぎない。「勝算胸にさだまりて」は、作戦指導の総責任者である満州軍総参謀長児玉源太郎大将の方がふさわしいかも知れない。しかし、どちらとも言えない。「老将軍」の形象がかすんでいるからである。

石川正雄の「老将軍」の「解説」において、もし、注目する点があるとすれば、木村毅のエッセイと同じように、啄木がなぜこの詩を忘れてしまったかについて、全く説明できないでいることである。

(三)

日露戦争の最初の会戦は、南満州の交通の要衝である遼陽である。明治三十七年八月二十八日から、九月四日までの戦闘であった。日本軍は、「一兵の予備なし。敵は三、四倍なり。砲弾もなし。もう軍司令官は眠るより外にすることが無いではないか」（谷寿夫著『機密日露戦史』四八〇頁）といわれた兵力差の中での戦いであった。日本軍約十三万五千人に対し、ロシア軍は二十二万五千人に近かった。日本軍の損害は、戦死と負傷を合わせて二万三千五百人にのぼり、ロシア軍も約二万の死傷者を出して敗北し、遼陽戦線から、はるか北方の奉天（現・瀋陽）をめざして敗走していった。

「兵隊は困憊し、しかも砲弾の補給が続かず追撃の余力はすでになかった」（宮地正人著『国際政治下の近代日本』一一六頁・山川出版社）。陸軍省は、開戦以来、砲兵工廠の拡張を重ねて来たが間に合わず、ドイツやイギリスなどの兵器産業に数十万発の砲弾を発注せざるを得なかった。また兵員の補充には、九月に徴兵令を改正し、後備兵役や補充兵役の兵役期間をそれぞれ二倍に延長して対応せざるを得なかった（宮地正人・前掲書による）。

これらの対応は、続く沙河会戦では、間に合わず、遼陽会戦で失った「一万名」が補充出来ないままの戦いとなったのである。

遼陽会戦に敗北したロシア軍は、奉天（現在の瀋陽）附近に集結したが、九月中も日本軍が追撃してくる気配がないことを見て、総司令官クロパトキンは態勢を整え、十月八日、ロシア軍の南下の命令を下した。

これに対し、日本軍の総司令部は、本営のある遼陽のやや北東の羅大台で作戦会議を開き、方針を決定し、翌十日に満州軍の主力の行動が開始された。沙河会戦のはじまりである。啄木詩「老将軍」の中の設定時間で言えば、作戦会議の終った夜という事になり、総司令官大山巌は、遼陽の本営におり、この会議には当然の事ながら全軍総参謀長の児玉源太郎が出席していた。もちろん啄木の関知する所ではない。「老将軍」のイメージは、啄木だけの詩的創造の世界のものである。

日本軍は、遼陽を中心とする東西の長い布陣を維持しながら、北進した。長大で凹凸のある戦線では、局部的な敗北もしながら、後退するロシア軍を追撃し、南下ロシア軍を沙河の対岸に封じ込め、日本軍は、沙河左岸の主要地点を結ぶ東西七十キロの戦線を構築し、満州軍総司令部は、十月二十日、沙河会戦の終結を宣言した。

日本軍は兵力十二万六百人のうち死傷者二万五百人、ロシア軍は二十二万千六百人のうち、死傷者、失踪者合わせて四万一千名をこえた。いずれも未曾有の大損害で、日本もロシアもすぐに動けるという状態ではなかった。日本軍は遼陽会戦以来、追撃して敵主力を叩くという基本的な戦術はとうてい取れなかったのである。

戦場での真実は国民には知らされず、軍部も新聞も、大国ロシア相手の二つの会戦の勝利を大宣伝し、ナショナリズムを煽り立てた。

号外が街に溢れ、東京中が電灯飾（イルミネーション）に飾られ、「光の都とも云うべき光景を呈した」（児島襄著『日露戦争・4』（文春文庫・八六頁）。旗行列、提灯行列、花電車にわき返った。遼陽会戦のこの国民的熱狂は、沙河会戦のおりも同様であった。沙河会戦では、天皇が勝利を賛える勅語さえ出しているから、国民の勝利の熱狂は推して知るべしであろう。

（注）本項の記述は次のような資料に多くを負っている。
（一）谷寿夫著『機密日露戦史』（原書房・二〇〇四年五月二五日）
（二）児島襄『日露戦争・4』（文春文庫・一九九四年二月十日）
（三）宮地正人著『国際政治下の近代日本』（山川出版社・一九八七年九月一日）
（四）小沢健志編『写真日露戦争』（ちくま学芸文庫・二〇一一年十一月十日）

二、啄木詩「老将軍」と「マカロフ提督追悼の詩」

（一）

遼陽から続く沙河会戦勝利の国民的熱狂の中に、啄木詩「老将軍」をおいて見ると、実に奇妙な感じがする。啄木詩には、そんな熱狂の反映は感じられないのである。むしろ「老将軍」には、孤独感が薄絹のベールのように被っている感じがする。

日露戦争の開戦直後、啄木は「岩手日報」に「渋民村より」（明治三十七年四月二十八日より五月一日まで四回）、「戦雲余録」（明治三十七年三月三日から三月十九日まで八回）などを連載していた。

「露国は我百年の怨敵《おんてき》であるから、日本人にとって彼程憎い国はないのであるが、一面から見れば露西亜程哀れな国はない」（「戦雲余録」第六回・三月十二日）

「近時戦局の事、一言にして之を云へば、吾等国民の大慶この上の事や候ふべき。臥薪《がしん》十年の後、甚だ高価なる同胞の資材と生血とを投じて贏《か》ち得たる光栄の戦信に接しては、満腔の誠意を以て歓呼の声を揚げざらむ」「東海君子国の世界に誇負する所以」（「渋民村より」第一回・四月二十五日）

これらは、十九歳の才気ばしった若い啄木の日露戦争肯定論であり、二月十日に発せられた、天皇の名による宣戦布告の叱咤激励の思想の延長上のものであることは言うまでもない。二つの会戦の勝利によって、啄木のナショナリズムが後退するなどは考えられない。にもかかわらず、この「老将軍」の詩における力のなさは、何とも不思議な事である。

啄木は詩「老将軍」を書いたと想像される二、三ヶ月前の『太陽』八月号に、十連百二行の長詩「マカロフ提督追悼」を発表している。この二つの詩は、きわめて対照的である。この詩には、次の前詞がおかれている。

「明治三十七年四月十三日、我が東郷大提督の艦隊は大挙して旅順港口に迫るや、敵将マカロフ提督之を迎撃せんとし、愴惶令を下して其旗艦ペトロパブロスク号を港外に進めしが、武運や拙なかりけむ、我が沈設水雷に触れて、巨艦一爆、提督も亦艦と運命を共にしぬ」

「マカロフ提督追悼」の詩の第三連と第九連の後半部分を引いてみる。

ああ偉《おお》いなる敗者よ、君が名は
マカロフなりき。非常の死の波に
最後のちからふるへる人の名は
マカロフなりき。胡天の孤英雄、
君を憶《おも》へば、身はこれ敵国の
東海遠き日本の一詩人、
敵《かたき》乍らに、苦しき声あげて
高く叫ぶよ、（鬼神も跪《ひざま》づけ、
敵も味方も汝《な》が矛地に伏せて、
マカロフが名に暫しは鎮まれよ。）
（以下四行略）
ああよしさらば、我が友マカロフよ、
詩人の涙あつきに、君が名の
叫びにこもる力《ちから》に、願くは

君が名、我が詩、不滅の信《まこと》とも
なぐさみて、我がこの世にたたかはむ。
（前四行略）

啄木の長詩「マカロフ提督追悼」の最後の十連は十行であるが、最終の五行は次のようなものである。

敵も味方もその額《ぬか》地に伏せて
火焔《ほのお》の声あげてぞ我が呼ばふ
マカロフが名に暫しは鎮まれよ。
彼を沈めて千古の浪狂ふ
弦月遠きかなたの旅順口。

この長詩の最終行の三行は、最初の第一連の最後の三行のリフレインとなっている。首尾はこのように呼応し、長詩を引きしめている。この詩における啄木の、マカロフへの思い入れは、極めて強いものがある。それは、全編に張りつめる緊張感によっても感じられる。これに対し、「老将軍」の詩は、全く迫力を欠いている。これが同一人の作品かと疑われる程である。

マカロフの詩のリズムは三・四・四・五というリズムをもっている。もっと大きくつかめば支配のリズムは七・九といってもよいであろう。

「老将軍」のリズムは、七・五調が基調となっているのがわかる。

啄木は、明治三十七年一月二十七日の姉崎正治（嘲風）宛の長文の書簡の中で、詩のリズムについて次のように言っている。

「尚詩作の事に就き一言申上度きは、嘗て試みたる四四四六の新調の外に、近来また五六六を一句とする最新調を発見しえたる事に御座候」

「在来の七五、五七等の外に、小生が「鶴飼橋」に套用したる泣菫の八六調その他八七調、七々調、四七六調、五八五調等、多々ある先進諸氏の経営に対して、小生は大に感謝致し居候。小生のそれに果して永遠の生命あるべきや否や、小生はただ今後必ず出現すべき天才に向って材料を作り置かんと存じ候。五六六調の試作として「錦木塚」の長詩計画致

し居候」（「天才」の附点は啄木）

ここには、詩の「格調」や「音楽的性質」について、この書簡時点までの、啄木の見解を述べたものである。この約半年後に発表された「マカロフ提督追悼」の詩のリズムは、啄木の姉崎宛書簡で述べている、どのリズムにも相当しない。「今後必ず出現すべき天才」と予測した中に自分も数え入れての「新調」であったかも知れない。

これに対し「老将軍」は前述のように、大くくりの調子は七五調である。その上で、句の中の言葉をこまかく分割し結合してリズムを作っているのである。総じて言えば、啄木が姉崎書簡で述べている、「在来の七五」調なのである。そのリズム感は、日本の近代が一時代前にこえて来た、浪漫主義的な七五調世界で、戦場の苛酷な現実を詠うにふさわしいリズムとはなり得なかったのは当然だと言える。

要約して言えば、「マカロフ提督追悼」の詩では、高揚した力感のある詩的表現が「七・九」のリズムを駆使しており、それにくらべ、「老将軍」の詩は、七五調によって迫力を欠いた展開となっているということである。敗軍の敵将マカロフ提督は、凜々として天上に還るが如き気配をただよわせているのに、勝者の位置に立つ「老将軍」の詩的世界は、地にくぐもるような詠嘆となって、いわば過去の姿で立っているとしか言いようがない。

（二）

こうして、私は木村毅の「大胆な空想」ではないが、大胆な仮説を立ててみた。「老将軍」には、啄木が生涯の秘事とした、宝徳寺追放の屈辱を背負った父一禎のことを重ねてはいないか、それゆえに、この詩を投稿したのちも、忘れたい衝動に駆られ、また、他者にふれられることを恐れ、この五連二十行の「老将軍」の詩を、「詩稿ノート」に残すこともせず、放棄し、忘れようとしたのではなかったか、ということである。

ただし、この仮説のためには、一つの前提が必要であった。それは、啄木が作詩の時点で、すでに父の住職罷免にかかわる、何がしかの重要な情報を得ていた、という前提である。

これとかかわることでもあるが、岩城之徳の「伝記的年譜」の明治三十七年（一九〇四）十九歳の十二月二十六日の項に、次の記載がある。

「父石川一禎宗費百十三円余の滞納のため曹洞宗宗務院より住職罷免の処分を受け、啄木の運命の転機となる。『当管内岩手郡渋民村四等法地宝徳寺住職石川一禎儀去ル明治

三十七年十二月二十六日宗費怠納ノ為住職罷免ノ御処分ヲ受ケ候』」（曹洞宗宗務庁所蔵宝徳寺関係記録）

ここに引かれている「関係記録」とは、「当管内」という言葉や「御処分ヲ受ケ候」から明らかなように、曹洞宗本山の直接資料ではなく、岩手県の曹洞宗寺院を管轄する担当部局からの報告文書ということであろう。

私はここの部分を読みながら、抱えこんだ疑問というのは、ある日突然の罷免ということがあるだろうか、ということであった。当然事前に予告の警告などがあったのではと思ったのである。私の仮説にかかわる前提である。私は思い切って、二〇一八年八月二十一日に、東京都港区にある曹洞宗総本山の宗務庁宛に、質問状を出した。

私の質問状は、前述の石川一禎罷免の伝記研究で明らかになった資料を付し、次のように書いた。

「私のおうかがいしたいことは、当時の宗務庁規定などで、最終の罷免通知などの前に、一回乃至二回ぐらいの警告通知のようなもの、あるいは罷免の予備的通告など出されていなかったかどうか、ということを教えていただきたいと思います。宝徳寺という個別の場合でなく、一般的なきまりごととしてあったかどうか、ということです」

ついで、「老将軍」の詩と、木村毅の「東京日日新聞」発表のエッセイのコピーとを資料として加え、

「この詩は日露戦争の初期、日本軍が沙河会戦前夜という設定でつくられていますが、詩の内容は、当時の明治のナショナリズムの昂揚とひどくかけはなれた印象をもちます。啄木自身が棄てた、あるいは忘れようとしたこの詩には、啄木が生涯の秘事とした父親の問題がからまっているのではないか、などと個人的には思ったりしております。

簡単な経過の記述で、おわかりにくいかと思いますが、ご多忙の所、お手数ながら、わかる範囲で結構ですので、ご教示いただければ幸甚です」

（三）

私は曹洞宗宗務庁からの返事を待ち侘びた。半月たっても一ヶ月たっても音沙汰が無かっ

たので、丁度一ヶ月をすぎた九月二十七日に、宗務庁に問い合わせた所、「文書はもう出来ているので、近日中に発送します」という返事で、私は期待をふくらませながら返事を待った。

待望の曹洞宗宗務庁の文書は、十月一日に届いた。書き出しの「調査・研究・会議等を経て回答」という文字に驚いた。そうした真摯な手続きも知らず、一ヶ月も待ち切れず督促がましい電話をかけたことを恥じた。私はすぐ礼状を出した。

曹洞宗宗務庁からの文書（以下「宗務庁文書」）は、きわめて重要な内容のもので、曹洞宗本山の直接的文書は、啄木の父一禎の宝徳寺罷免問題に関する伝記研究でははじめてのものでもあり、私の仮説を傍証する内容も含んでいた。資料的意味も含めて、次にその「宗務庁文書」の全文を紹介しておきたい（原文は横書き。数字は本稿表記に統一）。

「平成三十年九月二十八日

拝復　碓田のぼる様

この度は、曹洞宗宗務庁にお問い合わせをいただいておりましたが、内容から調査・研究・会議等を経て回答する必要がありましたので、お時間がかかりましたことをご理解いただけましたら幸いです。

さて、質問の内容は岩手県出身の石川啄木の父親・一禎氏について、その懲戒の様子をお知りになりたいということでした。

まず、既に伝記研究などで明らかになっているということですが、確かに、石川一禎氏は明治三十七年（一九〇四）十二月二十六日に宝徳寺住職を罷免されました。その様子は、『曹洞宗報』第一九四号（明治三十八年（一九〇五）一月号）に、「免住職宗費怠納」として「宝徳寺住職・石川一禎」の名前が見えることからも明らかです。

ところで、罷免の根拠となった曹洞宗側の規則は『曹洞宗制』（明治十八年（一八八五）五月に公布、全十一号）されたものですが、その第十一号に「曹洞宗警誡條規」が存在し、その第三條から警誡の内容が七段階あることが分かります。なお、一禎氏の住職罷免の頃も、この明治十八年の『宗制』が適用されていたようです（項目の説明は当方で行いました）。

第一　宗内擯斥　僧籍を削除し復帰させない（永久追放）
第二　学級収奪　僧侶の資格の根拠となる学歴を停止し降格すること
第三　住職罷免　住職を罷免し、二十四ヶ月以上を歴ないと復さない

第四　学級降殺　学歴を部分的に停止すること
第五　徘徊停止　三十日以上二百四十日までの間宗派内での関わりを断つこと
第六　譴責　百八十日間過失を咎めること
第七　教誡　過失を咎め指導すること

なお、上記警誡を行う場合には、必ず「警誡状」を発して行うこととなっております。そこで、一禎氏の場合は「第三住職罷免」が適用されました。何故ならば、それを行う理由に「宗費滞納」があるためです。具体的には、「住職罷免」の内容を定めた第十四條に、「一所轄宗務支局へ納付すべき財物を私に使用し若くは貸借するもの」（カナをかなに改める）とあります。宗務支局というのは、各府県の曹洞宗寺院を統轄する機関であり、宗費を回収する機関でもあったようですが、宗務支局へ納付すべき宗費を納めなかった場合には、財物を私的に流用したと見做されて、住職罷免となるのです。

ところでご指摘の、何度か警誡状を発したか否かですが、資料上はよく分かりません。それは、当時の宗制各条文の関連が資料上不明であるためです。その上で、上記「第六譴責」の内容を定めた第十九条に、「一曹洞宗務局及支局に於て進退期限を刻したる事項に対し故なく遅延するもの」とあります。「進退」の意味が不明瞭ではありますが、これが宗派が定めた行動全般を指すのであれば、まず、本條を理由に宗費納付の「遅延」を「譴責」（一回目の警誡状）し、その後、実際に滞納が確定して「住職罷免」（二度目の警誡状）となった可能性があります。

残念ながら、現段階では以上の内容は憶測でしかないものですが、分かる範囲で報告したものです。

合掌

曹洞宗宗務庁人事部文書課広報係
東京都港区芝二―五―二

三、仮説の探求

（一）

「宗務庁文書」には、石川一禎宝徳寺住職罷免の根拠となった当時の『曹洞宗制』を明らかにし、それにもとづく「曹洞宗警誡條規」による七段階の「警誡」が示されていた。そして、それに続く「宗務庁文書」は、私の関心を強く引いた。

まず、啄木の父一禎の「住職罷免」は、前記「警誡條規・第三」によることは明らかであるが、これらの「警誡」には「必ず『警誡状』を発して行う」という定めに照らして、一禎の場合、この「警誡状」がいつ、何度出されたかはわからないと、「宗務庁文書」は言う。宗務庁の調査・研究の結果、「当時の宗制各条文の関連が資料上不明であるため」としている。

この「警誡條規」の七段階は、当然相互に関連性をもつ、段階的なものであり、「第七」からはじまり「第一」に至るという基本構造をもつものと言えよう。「宗務庁文書」は終りの所で、一禎の場合「宗費納付の『遅延』を『譴責』（一回目の警誡状）し、その後、実際に滞納が確定して『住職罷免』（二度目の警誡状）となった可能性があります」という所からも、「第六」と「第三」が関連していることを示している。私のもっとも知りたかった問題が、「可能性」という慎重な言いまわしながら、そこには提示されているように思えた。

「曹洞宗警誡條規」の「第六」は、「百八十日間過失を咎めること」としている。「過失」について、その原因除去の「対策」が追求され、百八十日間過ぎても、その対策・指導が実らず、原因除去が出来なければ、「警誡條規」は次の段階に進むのであり、一禎の場合で言えば「第三住職罷免」条項の適用という事になるわけである。

それでは、石川一禎の場合、「宗務庁文書」の言う「一回目の警誡状」は何時頃出されたか。これこそ私の仮説の中心点をなすものである。

啄木の父一禎に見られるような宗費滞納の問題は、特殊的に宝徳寺にのみ起こった問題ではなく、根本的には、東北地方の大凶作の問題が背景にあった。「東北地方では、……明治年間だけで二十四回もの凶作に襲われている。とりわけ被害が大きく飢饉の様相となったのは、明治三十五年（一九〇二）と三十八年（一九〇五）の大凶作であった」（山下文男著『昭和東北大凶作』無明舎、二〇〇一年一月一日、三三頁）といわれている。また、『岩手県農業史』（岩手県編、一九七九年三月三十日）は、明治三十五年凶作の県内十一町村の「生活状態調査表」（一三一二頁）を掲げているが、「赤貧ニシテ自活ノ目的ナキモノ」の戸数を書き出している。渋民村の生活悪化状況は県内十一町村の最低に近く、その備考欄に「稗、粟ニ大根ヲ混食シテ居ルモ、麦秋ニ達スルコト能ハズ。壮年者ハ明春北海道ニ出稼シ、老幼者ハ居村ニ在リテ炭焼賃仕事ヲナシ収穫期ニ達スル見込」と記されている。こうした地方の農村寺院では、檀家の布施が集まらず、どこの寺も苦しく、所轄庁から宗費の滞納督促状が何枚も届くという状態が拡がっていたのである。いわば寺院を支える財政基盤も危機的状況におち入っていたと言えよう。

こうした深刻な社会的状況は、石川一禎の宗費滞納問題を考える時、視野に入れておかねばならぬ重要問題であろう。

ところで一禎の罷免は、明治三十七年十二月二十六日として、客観的資料によって、動かしがたい事実となっている。ここを出発点として、「曹洞宗警誡條規」の「第六譴責」による「一回目の警誡状」の送られた時期について「百八十日間」――約半年――の時間をさかのぼって検討すると、約半年前は七月頃となる。

「甲辰詩程」と題し、「一の巻」として書きはじめられた明治三十七年の啄木日記には、実は異変があるのである。啄木が「一の巻」として書きはじめた時、当然、後半部分には「二の巻」を想定していたはずである。しかし、日記は「七月二十三日」として書き出し、ワグネルの楽劇「タンホイゼル」の感想を長ながと書き、二十四日、二十五日、二十六日、二十七日と続き、二十八日は五行ばかりで、最後は「左に記す所は乃ちリッチー氏のワグネル劇解説中の『タンホイゼル』の一章を抄訳するものなり」で終り、行をかえて「○」印だけをつけて以下余白となっている。この○印以降に「タンホイゼル」の抄訳を続けようとの意思があったことは明らかである。

これらのことから、啄木は、明治三十七年の年頭から、この年の日記を当然のことのように継続する意思をもっており、また七月の日記も中断するその直前まで書き続ける意思をもっていたことは、「○」印一つで十分わかるのである。この啄木日記の中断は、何かの異変の発生以外には、考えられない。その異変こそ「一回目の警誡状」の出現によるものではなかったか――、と私は想定したのである。

明治三十七年七月二十八日までで啄木日記が中断していることについて、『石川啄木全集』第五巻（詩集）の「解題」を担当した小田切秀雄も、「解説」の岩城之徳も、次のようにいささかの疑問も呈していないのは実に不思議である。

「（明治三十七年頃）啄木は詩作と歓談していればよかったのである。啄木としては、すべてが最も具合よく進行していた唯一の時期」（「解題」小田切秀雄・四〇〇頁）

「この三十七年は新春早々年来の愛人である堀合節子との婚約もきまって、彼にとっては生涯における最良の年であった」（「解説」岩城之徳・四一五頁）

（二）

明治三十七年七月二十九日に、曹洞宗本山の「第一回目の警誡状」が、石川一禎のもとに届いたであろう、というのが、「宗務庁文書」による私の仮説のあらたな出発点である。

その書状は、これまでの所轄宗務支局の宗費滞納の督促状とは、根本的に異なっていたはずである。宗務支局は、本山職務の地方における代行機関であり、処罰などを行なう執行権限を持たないことは当然である。したがって、事態の改善がなければ、「第一回の警誡状」の次にくるのは、「第二回の警誡状」――つまり「宗制・第四」項目の「住職罷免」であることは、自明といわなければならないのである。「警誡状」は教団としての権威ある重々しい雰囲気をもった書状として届いたであろう。六ヶ月後にはどうなるかも一山の住職ならば承知していたであろう。「警誡」という事になれば、「第一回の警誡状」の中に、第二回の予告の時期も附記して、注意を喚起していたと考える方が道理である。「第二回の警誡状」は、もはや避けがたい現実としてあらわれて来たと言える。

啄木の父一禎が、この事態にたいし、未来を恃む、才たけた一人息子の啄木に相談をかけたと考えたいが、それはわからない。しかし、いずれにせよ、啄木が事態を知る事になり、父親との話し合いになったろうと、思う方が自然で素直な考え方のように思う。とり敢えず事態を小樽の姉の夫の山本千三郎に告げ、財政的な解決策の助力も仰ぎたいというような事に二人の意見が一致し、啄木は渋民村を出発し、友人たちには、再度上京のためしばらく北海の旅を楽しむと触れ込み、小樽に向かったのかも知れない。そのような想像を私にかりたてるのは、のちに（明治三十九年二月）、父一禎の宝徳寺復帰が不可能になり、また、経済的安定を目ざした詩誌『小天地』も一号雑誌で失敗し、新婚の妻を含めた父母と妹の五人家族が窮乏におち入った時、「一家の窮状打開のため函館の姉夫妻（義兄山本千三郎は当時函館駅長）訪問」（岩城之徳「伝記的年譜」）をしているからである。この時の協議では一家の生活難について解決策を得られなかったという啄木と義兄一家の関係を思い出したからである。これは、明治三十七年の啄木の小樽行きと、ウリ二つである。啄木から見ると、山本千三郎一家は、駅長などを歴任しながら、経済的には極めて裕福と見えたにちがいない。

小樽では、曹洞宗本山の、今日的に言えば解雇の事前予告のような「一回目の警誡状」の話など持出せる状況ではなかった。長姉トラは思いもかけず重病に伏し、明日も知れないといった状態で、みとりの人々が、その枕辺に心配そうに並んでいるという事態だった。姉は幸いに持ち直すことになり、啄木はその枕辺で看病をした。

その「ひま〳〵に、小樽新聞社も訪ひ、学校なども歴観」したと、友人の小沢恒一に送った手紙（十月十一日）は述べている。私はこの一節に注目した。小沢恒一の手紙の最後は、「北海の詩幾篇御土産に致すべく候」で終っている。これから作るものも含めての詩の「幾篇」という意味であろう。また、啄木はなぜ、「新聞社」と「学校」に行ったのだろうか。理由はわからないが関心をそそる。考えてみれば、啄木の生涯の職業的経験は、新聞社と学校だけであるから、二つとも好きだったからと、もし説明されれば、それは納得し、無視は出来ないが、木村毅流の空想をたくましくすれば、次のような事が考えられよう。

啄木が渋民村を出た時は、まだ沙河会戦は起こっていなかった。小樽について一週間ほどして、十月十日から本格的な会戦が始まり、渋民村に帰って来た十月十九日の二日前に沙河会戦は幕を下ろした。小樽に居た間と、沙河会戦の期間とは、ほとんど重なっているのである。日本軍の勝利の報が次つぎと伝えられ、平常でも小樽は北海道西岸の港湾都市として活気をもっていた。沙河の会戦の勝利は、この街をいっそう活気づかせ、東京に負けず歓喜した市民たちが旗や提灯をかかげて市内に繰り出した事であろうと想像される。啄木は戦争詩を書こうかと思いついた。

新聞好きな啄木は、渋民を出て以来、中央紙を見ていなかったろうから、新聞社でいくつかの中央の新聞を読みたかった。中央の新聞には、各社がそれぞれ戦地に派遣した従軍記者が、戦争記事を競っていたはずだ。それに新聞社の資料棚には、木村毅が「石川啄木の逸詩」の中で、「あんな戦争専門の通俗雑誌」と貶した『日露戦争写真画報』のバックナンバーもあった事だろう。啄木はそうした報道記事や資料を読みながら、戦争詩の構想を練ったのかも知れない。そして、つくった戦争詩は『写真画報』に送って何がしかの金を得たいと思ったであろう。

小学校をなぜ訪れたかは、見当がつかない。ただ、この年の三月三十一日に、恋人の堀合節子が代用教員になって、小学校で裁縫を教えていた事からの、ふとした思いつきだったかも知れない。

こう考えてくると「老将軍」の作詩時点は、小樽滞在中から渋民村に帰る十月十九日前後までという事になろうか。啄木は迷わずに、「老将軍」を『写真画報』に送った事だろう。啄木の馴染である『太陽』や『白百合』『時代思潮』、それに『明星』などは、送稿中であったり、連続して毎月掲載されていたり、あるいは、原稿料が遅れたりしていた所もあったから、原稿料目あての安易さも手伝って、『写真画報』投稿をきめたのではなかろうか。

さて、啄木詩「老将軍」についての、いくつかの特徴と問題については、これまでにしばしばふれて来た。「老将軍」の世界には、遼陽会戦に続く沙河会戦勝利の国民的熱狂は、ほとんど感じられない。むしろ、そこには沈静した世界があると言ってよいほどである。この詩を作っている時、小樽での義兄一家との立入った話も出来ず、啄木の脳裏には「第一回目の警誡状」と、そのあとに来る、恐るべき曹洞宗本山の「第二回目の警誡状」、つまり罷免となる現実を負った父の姿があったのではないかと、しきりに想像される。「老将軍」の形象がさだかでないのは、この迷いの反映としか私には思われない。つまり、「第一回目の警誡状」は、啄木の日記を中断させ、詩の世界を昏迷させるほどのインパクトをもって、啄木を撃《う》ったと、私は理解するのである。

啄木は追いつめられた父の姿を「老将軍」の背後にしのばせた。「老将軍」詩第三連の終り二行の「わが児等の露営の夢を思ふては／三軍御する将軍涙あり」(傍線・引用者)や、詩「老将軍」最後の一行「悲雁一連月に啼く。」(傍線・同上)などには、その気配を感ずる。とりわけ、詩「老将軍」の最後の傍線部分などは七五調のリズムにのって、あたかも敗軍の将の雰囲気さえかもし出している。

啄木自身にも、「老将軍」の詩は、出来のよいものとは思われなかったに相違ない。父の姿が亡霊の様に詩の上にただよっていたせいであろう。沙河会戦勝利を知った後に作った、「老将軍」であれば、詩的世界が会戦前夜のものとしても、もっと確信的で展望的なリズムと言葉で「老将軍」をくっきりと描くことによって、その詩の世界を創造すべきではなかったか、と私は思う。そう考えるとこの詩における啄木は、敗北しているように感じられる。

啄木の生涯の秘事をからめた、と私がみるこの「老将軍」は、『写真画報』に送って以降、啄木から棄てられ、浮遊していくことになってしまった――。

（三）

「曹洞宗文書」に啓示された私の仮説の一点、明治三十七年七月二十九日をめぐって、傍証的にもう少し述べたいことがある。

それは、この一点にもっとも近い一つの書簡についてである。それは、七月二十九日の二日後の七月三十一日に、渋民村から東京の中学時代の級友で仲の良かった小沢恒一に宛てたものである。そこには、「第一回目の警誡状」からくる衝撃の波及が感じられるからである。

小沢恒一のこの手紙には、他の友人、知人の手紙にはない、ある種の哀切感が流れているように思う。書き出しは次の様なものである。

「永々の御無音御宥恕被下度《ゆうじょくだされたく》候、君や来ますと、筆を斂めて待ち侘ぶる庭に、南の風のそよとだにおとづれなく、斯くて斯くして姫百合も咲き候、薔薇もいくたびか開落致候」

こう述べている書簡の雰囲気に、私は注目する。小沢宛書簡は、全集では、七月二十九日以前に四通あるが、その特徴は、啄木が小沢恒一には心を開いている傾向が見られることである。啄木は時に小沢恒一に対しては、心情を吐露していた。

のちの事になるが、啄木の妻となった節子は、小沢の妻となった糸子と、女学校時代の同級生であった。「そんな意味からも、啄木夫妻とは家族的な接触点が多かった」（吉田孤羊著『啄木を繞る人々』改造社・一九二九年五月十日）。のちに啄木が『一握の砂』の中で、

師も友も知らで責めにき
謎に似る
わが学業のおこたりの因

と歌っている「友」は、小沢恒一といわれている。

啄木は、前掲小沢恒一宛書簡のそのあとの方で言っている次の言葉は、重要である。

「本月の如きは、かくて云ひ様もなき悩みに襲はれて約ある二三の雑誌に送るべき筆ずさみさへ、遂に一行も成らずして止み侍りぬ」（『全集』六一頁。傍線・引用者）

ここで言う傍線部分の「悩み」の実体については、この書簡全体を読んでも全くわからない。頼まれた原稿さえ全く書けなかった「悩み」とは、ただならない事である。しかし、この信じ合う友にもそれは明かしていないどころか、想像の手がかりさえも与えていない用心深さである。このただならない悩みこそ、この手紙の二日前に届いた「第一回の警誡状」によって引き起こされたものではないかと、私は推測しているのである。前記傍線の様なあたかも原因不明の高熱を発しているような、奇妙な文章を残しているのは、書簡集の中では前にも後にもここだけである。啄木の生涯の秘事に関わることであったと仮定すれば、この「悩み」は容易に理解されるものとなろう。

もう一つ、「老将軍」にかかわることを書き足しておきたい。それは、明治三十七年十月三十一日に、処女歌集の出版を志して啄木が再度上京して、しばらくあとの事である。十二月九日の「読売新聞」紙上の新刊批評欄で、「時評子」によって、雑誌『白百合』十二月号に発表した啄木の詩が、徹底的にこき下ろされていたという問題である。「時評子」とは、まだ若い記者だった正宗白鳥である。たとえば、『白百合』の三編の詩「天火盞《あまほざら》」「壁画」「炎の宮」のうちの「天火盞」を槍玉にあげ、その三連のうち第一連の「恋は、天照る日輪の／みづから焼けし鑞涙《ろうるい》や、／こぼれて、地に盲《し》ひし子が／冷《ひえ》に閉ぢける胸の戸の／夢の隙《すき》より入りしもの」を引いて、次のように痛評した。

「あまりひねくり廻した比喩にて、お説の通りと感服も仕兼ねるなり。詩は必ずしも一読して直に感ずべき者のみならず、難句に満つとも又可なるべきも、この詩句のやうにては考ふれば考ふる程、馬鹿らしくなる也。意味に於て取るに足らず、調に於て一層取るに足らず、語に於ては更に一層取るに足らざる也。……如何に不完全なる日本語とても他に幾多平易にして且つ詩的なる妥当の語あるべし」

この正宗白鳥の批評は、啄木のこれまでの詩作の姿勢の根底を鋭く衝いている。今読むと、至極当然と思える。それどころか、のちの啄木が苦難を経てたどりついた、画期的な詩論「食《くら》ふべき詩」（明治四十二年「東京毎日新聞」連載・十一月三十日～十二月七日）にまぎれなく通底しているものである。

誇り高き年少二十歳の啄木は、この批評に、破裂せんばかりの怒気をおさえて、二、三日後に読売新聞社を訪ね、正宗白鳥に面会した。痛憤やる方ない啄木は、この時の面会の様子を師と仰ぐ姉崎嘲風への長文の書簡（十二月十四日）の中で詳細に報告している。その中に傍線した一言が入っている。

「師よ、我は疑もなく失望したり。彼（正宗白鳥・引用者）繰り返しく曰く、我は詩を評するの心なし、……我の如きはたゞ新聞記者たる責任に迫られて止むなく筆を取れるのみ、と」

「彼又曰く、余君と知らざりし故にたゞ白百合派の一老将とのみ思ひて君の詩を引ける也、と」

啄木がここで言っている「一老将」は、その言葉通りに正宗白鳥が言ったかどうかわからない。もしかするとこの十二月中旬時点は、一月一日付の『戦争画報』が発行されていたはずで、啄木は自作の「老将軍」を目にした可能性が十分ある。それを読んだ啄木が、「老将軍」からの連想で、正宗白鳥の言葉を「一老将」と啄木流に翻訳して、姉崎嘲風への手紙に書いたのかも知れない。私はこの見方を、私の想像した「老将軍」の詩作の経過上から見て、捨てがたいと思っている。

四、「曹洞宗制」と啄木伝記とのかかわり

（一）

「宗務庁文書」は、「曹洞宗警誡條規」の「第三住職罷免」項目の説明で、「住職を罷免し、二十四ヶ月以上を歴ないと復さない」としている。つまり、もとに復するには、二年以上たたないと出来ないと定めている。

石川一禎罷免の明治三十七年十二月二十六日を起点とすれば二年後は、明治三十九年十二月二十六日ということになる。つまり、この期間は、罷免の原因を除去し、復職をめざして運動する期間と言ってもよいであろう。したがって、啄木にとってこの二年間は、父一禎の宝徳寺への復帰を実現するための当面の重要な活動期間となったのである。もちろん「二十四ヶ月以上」となっているから二年をこえても復帰への可能性は否定されてはいない。

ところがその途中の、明治三十九年三月二十三日に、岩手県の第一宗務所長を通じ、曹洞宗本山の、一禎に対する懲戒赦免が発令された事を啄木一家は知らされた。四月十日に一禎は啄木から呼び戻され、急いで渋民村に帰って来た。

懲戒赦免は、まずは、罷免の理由を許すということであって、元の寺に復職することまで認めたものではない。「曹洞宗警誡條規」「第三」のただし書「二十四ヶ月以上」はいささかもゆらいでいないのである。しかし、この懲戒赦免の知らせは、「二十四ヶ月以上」をクリアしていく上での大きな朗報であり、力であった事は間違いない所であろう。

ここまでの、曹洞宗本山の「宗制」にもとづく、石川一禎への対応を整理すれば次の様になる。

①明治三十七年七月二十九日……「第一回目の警誡状」(筆者仮説)
②明治三十七年十二月二十六日…一禎宝徳寺住職罷免
③明治三十九年三月二十三日……一禎懲戒赦免
④明治三十九年十二月二十六日…②より起算した「二十四ヶ月目」

前記②が出されて以降の、渋民村は、石川一禎支持派と反対派との熾烈なたたかいとなって展開される事になった。この村内を二分した争いは、外部からの介入もかかわって、啄木の死後何年間も続き、ようやく大正三年三月に至って本山の決定を見て決着した。この争いの根深さを思わずにはいられない。

啄木が歌集『一握の砂』で、限りない望郷の念を吐露したのは、「故郷の自然は常に我が親友である、しかし故郷の人間は常に予の敵である」(明治三十九年『渋民日記——八十日間の記——』『全集』第五巻・一〇〇頁)と言った。その「敵」あるが故の反動という一側面もあったであろう。

宝徳寺住職をめぐる、これらの経過については、岩城之徳著『石川啄木伝』(東宝書房・一九五五年十一月二十日)が詳細を極めているので、関心のある方はそれを一読されたい。ここでは、「曹洞宗制」によるいくつかの措置との関係での啄木一家の動向をさぐっておくことにする。

①を仮定した上で、「二回目の警誡状」②は百八十日（六ヶ月）後が想定されるわけであるが、実際は五ヶ月後であるのは、諸種の事情からする弾力的な曹洞宗宗務院（現・宗務庁）の措置ではなかったか、と私は理解する。この一ヶ月を短縮させたこと（当事者にとっては厳しい措置）は、③の懲戒赦免の時期と関連をもったかも知れない。

③は、②より起算して一年三ヶ月後にあたる。①と④の半分よりは④に近づいている。曹洞宗宗務院が、一禎に対し懲戒赦免をこの時点でなぜ発令したかは、よくわからない。それは当然「曹洞宗警誡條規」に基づくものではあろうが、教団として宝徳寺問題の解決に向けての、政策的な布石の匂いがしないでもない。いずれにせよ、④をクリアするまで、あと九ヶ月の地点まで、啄木一家は来ていたことになる。これが、啄木一家にとっても、また一禎支持派の檀家にとっても、「朗報」であったことは間違いない。しかし一禎再住阻止の反対派の活動も激しさを加えてくるのは、当然の運動力学である。この状況をこじあけていくのは、もっぱら啄木の肩にかかっていると言ってよい事態であった。石川一禎は、支持派の人たちと相談し、四月十日に宝徳寺再住の要望書を本山宗務院に提出した。

啄木は四月十三日より、代用教員として母校渋民小学校の教壇に立った。月給は八円であった。やがて妻の節子が出産すれば、親子四人がとても生活できるような金額ではない。その八円さえも分割払いとなった。凶作のため、村税が集まらなかったからである。四月二十一日に、啄木は徴兵検査を受け丙種合格で徴兵免除となった。日露戦争は前年九月に終結しており、ポーツマス条約によって、かねて天皇制政府が狙っていた朝鮮における権益などは手に入れたものの、ロシアからの賠償金は全くとることが出来なかった。

「日本はからくも日露戦争に勝利し、世界の大国（当時は「一等国」といわれました）の一員となりましたが、そのために、欧米諸国との軍拡競争に否応なく加わることになり、自らの経済力と不釣合いな軍事力を有する軍事大国となっていきました」（宮地正人監修『日本近現代史を読む』新日本出版社・五三頁）

啄木は四月二十一日の日記に「身長五尺二寸二分、筋骨薄弱で丙種合格、徴集免除、予《かね》て期したる事ながら、これで漸やく安心した」（圏点は啄木）と書いている。この「安心した」には、いくつもの啄木の思いが込められていたであろう。わけても一家の生活と運命を背負い、父一禎の宝徳寺復帰の運動の中心を担っていた長男としての啄木の、安心も含まれていたであろう。世界の「一等国」への強い執念をもつ明治政府にとって、「富国強兵」は依然として挙国のスローガンであった。その天皇制政府にとって、「筋骨薄弱」で五尺二寸二分の小男は、軍隊にとって価値がなく不要だったのである。

「我国の軍隊は、世々天皇の統率し給ふ所にそある」で始まる「軍人勅諭」（明治十五年一月四日）は、居丈高に、「朕《ちん》は汝等軍人の大元帥《げんすい》なるそ」と宣言し、「死は鴻毛《こうもう》より軽しと心得よ」と揚言していた。啄木はこの天皇制軍隊から役立たずとして、はじき出されたのである。

しかし、啄木の「徴集免除」は、近代日本の文学と思想にとって幸せなことであった。啄木はやがて、画期的評論「時代閉塞の現状」を書き、国家に対する迷妄を打ち破って、「明日」に向かって進もうと呼びかけた。また、国家犯罪である「大逆事件」の真実をあばき、後世を励ます思想を明らかにした。さらに、伝統的短歌を革新し、生活に密着させた平易な言葉によって、人びとの心に忘れ難い青春性と思郷の心とを刻み込んだからである。

天皇制軍隊に役立たずとしてはじき出された啄木は、こうして、この国家組織にまっ向から立ちはだかることになった。そして啄木の伝記に一つの帰結をもたらした。

「天皇制国家はそれ自身の力で、この病気の貧乏な、体の小さな詩人を、うす緑色をした何かの幼虫ほどにもあしらって指さきでこすり殺してしまった」（中野重治『啄木の歌について』・一九四六年）

（二）

「渋民日記」（明治三十九年）十二月二十六日は、「曹洞宗警誡條規」の「第三條」「第三」項の但し書きにある「二十四ヶ月以上を歴ないと復さない」とした、ちょうど「二十四ヶ月」目の節目に当たる。

この日の啄木日記が書かれているが、次のような文章である。

「〇二十六日夜、雪の夜のサといふ物音さへ無い静けさは、少なからず予の心を冴えかへらしめた。十二時頃一旦枕についたが、眠られぬ」

これに続く日記を読むと、妻節子に書いた恋文のことがあり、妻への慕情につながっていく。よく読むと、このことが原因で「眠られぬ」事態になっているとは必ずしも読めない。

啄木は、父の宝徳寺再住問題のくわしい経過は、「秘事」として遂に語らなかったが、前述してきた「二十四ヶ月目」の、その日の到来を心待ちしていた事がよく表われているように私は思う。

啄木の失望にもかかわらず、一禎の再住問題をこの時点で整理すれば、次の二つの積極的条件をもっていたことは明らかである。

一つは、すでに述べてきた一禎に対する「懲戒赦免」令である。

二つは、「曹洞宗警誡條規」の「第三」に附記された、「二十四ヶ月」をクリアしたことである。

運動論的に言えば、この二つの拠点を確保して「二十四ヶ月以上」の「以上」の時間帯の中で、どう最終結着をつけるか、という事になろう。全体状勢は有利であったと言ってよい。「以上」の時間帯に入った翌二十七日、啄木の日記には次の様な日記の記事が登場していて私を驚かせる。

「〇廿七日
老父の宝徳寺再住問題について、一大吉報が来た。白髪こそなけれ、腰がいたくも曲つた母上は、老の涙を落して、一家開運の第一報だと喜んだ。予は母の顔を見て心で泣いた」

「九ケ月間紛紜《ふんうん》を重ねたこの問題も、来る一月の二十日頃には父の勝利を以て終局になる。或は母のいふ如く、先づこれをキツカケに、我が一家の運が開けてくるかも知れない。先づ父の方がきまつて、可愛い児が生れて、そして自分の第二戦！　あゝ天よ、我を助け玉へ」

啄木を有頂天にしたこの「一大吉報」とは何か。私にはたしかなことがわからない。詳細をきわめた岩城之徳『石川啄木伝』もこのことには全くふれていない。

「父の勝利」を啄木に確信させたこの「吉報」は、曹洞宗本山の何等かの意向なしには考えられないところから、一禎支持派の誰かが、県宗務支局の関係者を通じて本山の意向として聞いてきたものかも知れない。しかし、啄木日記では、この事については以後全くふれていないところを見ると、聞き違いの誤報か、今日的な言葉で言えば、ガセネタのたぐいであったかも知れない。

この「吉報」の話があった二日後に、盛岡の実家で、節子が長女京子を生んだことが、渋民村の啄木のもとに電報で知らされた。これこそは、かけがえない「吉報」であった。岩城之徳『伝記的年譜』は、明治三十九年の最後を次の様に要約している。

「この年啄木父子協力して宝徳寺再住に努力するが、一部村民の妨害と代務住職中村義寛一派の策謀により、曹洞宗宗務院へ直接中村義寛の跡目願が提出受理されたため、檀徒間に石川・中村の両派が生じ対立して紛争する。また一家の生活次第に困窮する」

明治四十年の三月五日、啄木の父一禎は、一家の窮乏を見るに忍びず、また、宝徳寺再住問題がこじれにこじれ、その精神的抗争に堪え切れず、ついに宝徳寺再住を断念し、家を出てしまったのである。

私がさきにあげた、二つの積極的条件は、依然として存在していたはずなのに、一禎の家出は、一方的な戦いの放棄であり、戦線からの離脱であるとも言えた。啄木の無念さが思いやられる。

「此一日は、我家の記録の中で極めて重大な一日であつた。朝早く母の呼ぶ声に目をさますと、父上が居なくなつたといふ。予は覚えず声を出して泣いた」

「此朝の予の心地は、とても口にも筆にも尽せない。殆んど一ケ年の間戦つた宝徳寺問題が、最後のきはに至つて致命の打撃を受けた。今の場合、モハヤ其望みの綱がスッカリきれて了つたのだ」

ここには、啄木の血を吐くような思いが述べられている。大きな希望を見出した明治三十九年三月二十三日の、曹洞宗本山による、父一禎の「懲戒赦面」から、父の家出まで「殆んど一ケ年の間」の戦いであった。

明治四十年三月五日は、この戦いの最後の日となった。それと同時に、伝記的に見れば、この日は、啄木一家の、北海道流離への旅の始まりともなった日であった。

「曹洞宗制」（明治十八年五月公布）は、その「警誡條規」に定める諸則を通じ、啄木一家と深くかかわり続けて来たと言える。啄木伝記に視座をおいて見れば、「宗制」は、教団の本義にたって、厳然とその姿を示し続けていた、と言える。しかし、ある時は、思わない時期に「警誡條規」による、一禎の「懲戒赦免」を発令し、一家に「朗報」と感じさせることもあったのである。少なくも「曹洞宗制」は、その「警誡條規」の適用において、慎重で、人間的であったと見ることが出来る。

五、啄木詩「老将軍」の一視点―越境する啄木のナショナリズム―

（一）

これまで、私の啄木におけるナショナリズムの理解は、おおよそ、次のようなものであった。

啄木には、二つの大きなナショナリズムの波が、揺れながら発光したと考えた。第一の発光は、十九歳の時（明治三十七年）、日露戦争開戦前後の時期、戦争熱に刺激された啄木が、「岩手日報」に「戦雲余録」のエッセイを連載していた時期であり、第二の発光は、五年後の明治四十二年十月二十六日、伊藤博文がハルビン駅頭で、安重根《アンジュングン》によって暗殺された時である。

第一の時期は、「日本人がまるで気が狂ったやうな調子でロシアに対する戦争を主張した」（「無題」・執筆時期不詳）時期であった。啄木は姉崎嘲風の「戦へ　大《おおい》に戦へ」（『太陽』明治三十七年一月）の、露骨な日露開戦を煽動する評論に感動していた、「無邪気なる好戦国民の一人」（日記・明治四十一年九月十六日）であった。啄木の歌稿ノート『暇ナ時』（明治四十一年）の中に、

父母のあまり過ぎたる愛育にかく風狂《ふうきょう》の児《こ》となりしかな

の一首があるが、そうした両親の「愛育」のもとに、啄木は明治のナショナリズムの波に溺れていた時期である。

しかし、こうした時期にも、啄木のナショナリズムは、もう一つの複眼的なナショナリズムを越えた世界に関心を示していた特徴をもっていた。たとえば、旅順港で、ロシアの旗艦ペトロパブロフスク号と運命を共にした、ロシア太平洋艦隊司令長官マカロフを悼んだ長詩「マカロフ提督追悼」を、『太陽』（明治三十七年八月）に発表したことは、既に述べて来た。あるいは、ロシアの戦艦ポチョムキン号が、オデッサで叛乱を起こした時、「自由の堅艦」として、強い感動を受け、日本に「自由」のないことを嘆いたこと（伊藤圭一郎宛・明治三十八年六月〔日付不詳〕）などは、その一つの例である。

第一回目のナショナリズムの発光の輝度は、強く、かつ単純であった。しかしその後は、輝度は急速に弱まり、啄木のナショナリズムは後景に退いていった。その現実的要因の一つとして、啄木の父一禎の宝徳寺再住問題と、それにからむ啄木一家の窮乏の問題があった。

第二のナショナリズムの発光の時期は、日清・日露の戦争を経て、日本は急速に独占資本主義の段階に入っていた時期である。貧富の格差と貧困が鋭く進行し、労働運動、社会運動が激しく展開していった。対外的には、植民地主義がいっそう強化され、韓国は友好国から保護国へ、そして完全な植民地化の方向へと、露骨な帝国主義的政策が強化されていった時代を背景としている。

こうした情勢の中で、明治の天皇制政府は、天皇の名による「戊申《ぼしん》詔書」（明治四十一年十月十三日）を発し、国民を叱咤督励した。

「上下《しょうか》心ヲ一《いつ》ニシ忠実《ちゅうじつ》業ニ服シ勤倹《きんけん》産ヲ治メ惟《こ》レ信惟《こ》レ義醇厚《じゅんこう》俗ヲ成シ華ヲ去リ實ニ就キ荒怠《こうたい》相誡メ自彊《じきょう》息《や》マサル《ザ》ヘシ《ベ》」

「戊申詔書」はこう述べ、国民思想を、生活の土台からいっそう忠誠と統制の方向に強めることを狙ったものであり、明治ナショナリズムの一段の強化であった。

啄木は、辛酸をなめながら、北海道流離の旅から、最後の上京をし、明治四十二年三月二日から、朝日新聞社に校正係としての職を得て働き出した。その年の六月から、散りぢりになっていた一家が、東京で揃って生活するようになった。しかし、長い間引きずって来た、啄木の妻と母との確執は、深まるばかりで、上京後三ヶ月余りの十月一日に、とうとう節子は娘の京子を連れて家出をし、盛岡の実家に帰ってしまった。啄木は錯乱した。さまざまな手をつくし、節子はようやく二十五日後の十月二十六日に、啄木のもとに帰って来た。

その日に、伊藤博文が、ハルビン駅頭で、安重根によって暗殺をされたのである。新聞各社は、この問題をセンセーショナルにとり上げた。事件は日本中を衝撃の渦の中に巻き込んだ。そうした時、啄木の二回目のナショナリズムが発光したのである。

啄木は、当時寄稿していた「岩手日報」の「百回通信」の第十六回目（十月二十九日）と十七回目（十月三十日）、十八回目（十一月七日）の三回にわたって掲載された、「伊藤公の訃」を書いている。その一回目の書き出しは、

「天曇る。午後三時を過ぐる霎時《しょうじ》、飛報天外より到りて東京の一隅には時ならぬ驚愕《きょうがく》を起したり。疑惑の声、驚悼の語、刻一刻に波及して、微雨一過、日漸く暮れんとす」

とあって、中頃に「噫、伊藤公死せり」と強調し、「伊藤公の訃」の第一回の最後は、「公今や亡焉《なし》。……公を知らざる者は日本人に非ず」と述べながら、「明治の日本の今日ある、誰か公の生涯を一貫したる穏和なる進歩主義者に負ふ所、その最も多きに居るを否むものぞ」で終わる。

二回目は、「拝啓。突如として北満の一地に演ぜられたる一大悲劇は、今や世界的痛悼の中心となれり」で始まり、全体の用語はやや平易である。啄木の「百回通信」の文章は、ほとんど「拝啓」で始まる。「通信」という題名に即しての事であろうが、「拝啓」で始まらないのは、二十八回にわたった「百回通信」の中では、「伊藤公の訃」が初めてであり、あと永井荷風を論じた時、「泡鳴氏が事」「富田先生のこと」の三回だけである。「伊藤公の訃」の三回目は、「伊藤公遺骸の入京を新橋駅上に迎ふ」状況を述べ、悼歌五首をつけた後、次の五行の言葉で終わる。

「記し来りて弔砲の響きを猶已《や》まず。窓を開きて遙拝し、謹んで此稿を終る。公よく瞑せよ。聖上の御軫念《ごしんねん》しかく大に、各国元首またその代理をして葬典に列せしむ。国民の悼惜の情にいたりては河海と共に尽くるなし。吾人また不日公の墓畔を訪うて告ぐるところあらむとす。頓首」

この三回にわたった、「百回通信」の「伊藤公の訃」を読んで感ずることは、新聞記者的に要点をとらえて、事柄を述べているが、その文体は、漢文調の修辞で飾っており、時空を越えた祭文《さいもん》を聞くような気がする、ということである。「伊藤公の訃」の三回目は、「十一月四日午前中」に書いた事を啄木は記しているが、同じ月の十日後に啄木は「食ふべき詩」を書いている。後に述べるように、「食ふべき詩」の精神は、ナショナリズムとは無縁である。もっとはっきり言えば、それは、ナショナリズムとは対極の位置にある、とさえ言える。

次に「悼歌五首」の中から三首をあげてみる。この三首は、伊藤博文の国葬の日に、自社の「東京朝日新聞」に発表した「十一月四日の歌九首」の中に、まるまる含まれたものである。ただ、二首目の「かずく〵」のところを、もっと拡がりのイメージをもつ「もろく〵」と変えているだけである。

火の山の火吐かずなれるその夜のさびしさよりもさびしかりけり
かずくの悲しみの中の第一の悲しき事に会へるものかも
ゆるやかに柩の車きしりゆくあとに立ちたる白き旗かな

総じてこの時の五首の「悼歌」は、挽歌の心の集中が弱い詠みぶりとなっているが、その中では、「かずく」の歌だけに、啄木の飾らない心情が、淡い影となって投影されている。

啄木のナショナリズムの発光に関連して、つけ加えなければならないのは、伊藤博文の国葬の日に作った「十一月四日の歌九首」を、翌日の自社の「東京朝日新聞」に発表していることである。「百回通信」三回目の執筆は、「十一月四日午前九時」とあるから、この時の「悼歌五首」と、「十一月四日の歌九首」とは、同時作と思える。その先後関係はわからないが、どちらにしても、三首が両方に使われていることは変りがない。したがって、「東京朝日新聞」用新作は六首だけとなるが、実は旧作が一首入っている。

「十一月四日の歌九首」で、私がもっとも不思議に思うのは、作者名を「読人不知」として出している事である。王朝時代ならいざ知らず、天下の「朝日新聞」に、「読人不知」で堂々と九首の短歌を、それも伊藤博文の追悼歌として掲げることなどは、常識では考えられない。啄木はすでに処女詩集『あこがれ』を出版した二十四歳の気鋭の詩人であり、『明星』派の歌人としても知られていたのであるから、実名で歌を発表することに、何の問題はなく、匿名にする必要なぞ、全くなかったはずである。

九首の最後におかれたのは、

しかはあれ君のごとくに死ぬことは我が年ごろの願ひなりしかな

である。これは何と一年前の『明星』七月号に発表した「石破集」百十四首の中のもので、いわば中古品である。したがって、「百回通信」との重複三首を除けば、「朝日新聞」独自のものは、半減近い五首のみということになる。これは「朝日新聞」軽視である。ややふざけたような「読人不知」などと考え合わせれば、啄木は「十二月四日」の歌なぞ作りたくはなかったのでは、とさえ疑われてくる。「社命抗し難し」と自嘲している啄木の顔さえ浮かぶ。

いずれにしても、伊藤博文の暗殺に端を発した啄木の「第二回目のナショナリズムの発光」の実質は、予想もしない姿を持っていたと考えざるを得なくなったのである。

（二）

私が、啄木における「第二のナショナリズムの発光」と長く考えてきたのは、第一のそれと、きわめて形式的に、表面的に比べた見方であったことを知らねばならなかった。同じ発光と見えながら、それが持つ輝度の強弱や、それをもたらす情景としての啄木の思想状況や生活意識――つまり、その立ち位置、それは全体として発光主体にかかわる問題であるが、それを仔細《しさい》に見届けていなかった、という苦い反省が私にはある。

すでに、幾たびも述べてきている事ではあるが、啄木の思想と文学は、妻の家出事件によって、激変をしていった。啄木の自己検討は真剣であり、それをテコとした自己変革と表現活動は、堰を切ったように展開されていく。伊藤博文の暗殺があり、その後の国葬に、日本中が沸騰していた時期と密接して、啄木は次のような評論を書きついでゆく。

「食ふべき詩」（「東京毎日新聞」明治四十二年十一月三十日より七回連載）
「きれぎれに心に浮んだ感じと回想」（『スバル』明治四十二年十二月号）
「文学と政治」（「東京毎日新聞」明治四十二年十二月十九日より二回連載）

「一年間の回顧」（『スバル』明治四十三年一月号）
「巻煙草」（『スバル』前同）

これらの評論群を総括的に言うならば、人間の生きる土台に目を開いた啄木が、そこから詩と文学の将来を見すえ、必然的にからまる国家のいかがわしさを追及し、国家の本質に迫っていったことである。

これらの仕事は、「岩手日報」連載の「百回通信」が終わるや否や開始されたものである。評論群先頭の「食ふべき詩」は、「伊藤公の訃」の最終回（十一月四日）と、もっとも接近した位置にあり、二十六日後の執筆ということになる。この詩論は、啄木自身の詩と詩論の画期的な転機をなしたものであることは、言うまでもない。

「（食ふべき詩とは）両足を地面《じべた》に喰《く》っ付けてゐて歌ふ詩といふ事である。……珍味乃至は御馳走ではなく、我々の日常の食事の香の物の如く、然《しか》く我々に『必要』な詩といふ事である」

「食ふべき詩」の中心思想は、ここに鮮やかな主張となって示されている。啄木は「生活」というものに、表現と思想とを統一する土台を見出しているのである。そこからの新しい詩の行手についても、次のように述べている。

「我々の要求する詩は、現在の日本に生活し、現在の日本語を用ひ、現在の日本を了解してゐるところの日本人に依て歌はれた詩でなければならぬといふ事である」（圏点・啄木）

啄木がここで強調している「生活」とは、今日的に言えば「生存の権利」という事にもなろう。詩を人間の営みとすれば、その人間こそは、「生活」する人間であり、生きる権利をもった「生活者」でなければならないと主張しているのである。

私はさきに、ちょうどこの一年前に、天皇の名によって発せられた「戊申詔書」のことについてふれて来た。それは、「国民思想を、生活の土台からいっそう忠誠と統制の方向に強め……明治ナショナリズムの一段の強化」をめざしたものであると述べた。「食ふべき詩」における「生活」の方向は、「戊申詔書」とは逆のベクトルを持っており、明治ナショナリズムを相対化しようとするものであることは、明らかであろう。こうした面から見ると、啄木の「食ふべき詩」には、ナショナリズムを否定する意志が内蔵されていると言えよう。その意志は、「きれぎれに心に浮んだ感じと回想」では、もっとはっきりとする。啄木は言う。

「国家！　国家！
国家といふ問題は、今の一部の人達の考へてゐるやうに、そんな軽い問題であらうか？」

ここでは明らかに、ナショナリズムをおし立てた、明治国家のいかがわしさを、批判の前面に立てようとしている。また、明治四十二年の「一年間の回顧」では、伊藤博文の事件には一言もふれていない。このような啄木を見てくると、「百回通信」の三回にわたる「伊藤公の訃」も、短歌「十一月四日の歌」も、ひどく違和感を深めてくるのである。私はこれまで、啄木の思想は、ジグザグに揺れながら、らせん状に発展していった、と基本的におさえながらも、「第二のナショナリズの発光」を、啄木がこの時点でもまだ引きずっていた、浪漫主義的心情の残滓《ざんし》ととらえてきたが、それは誤まりではなかったか、と考えざるを得なくなった。

今の私の心情から言えば、「伊藤公の訃」やその「追悼歌」は、儀礼的な修辞で飾った「一過性」のものであり、もっと端的に言えば、この時点における啄木の、生活の資を得るための擬装ではなかったかとさえ思えてくる。それはこの時期、次のような書簡を残しているからである。

啄木は、妻が家出した時、その心情を恩師新渡戸仙岳宛（明治四十二年十月十日）に、「血を吐くよりも苦しき心」と書き送った。妻がもう一度、啄木のもとに戻った時、「思想上の破産」（大島経男宛・明治四十三年一月九日）をした啄木が、「破産」のあとの思想の大激動を展開することになる。その第一義は、家族の生活を守ることであった。

「私は私の全時間をあげて（殆んど）この一家の生活を何よりも先にモット安易にするだけの金をとる為に働らいてゐます」（前掲・大島経男宛）

こうした現実的、切実な生活要求に立ちつつ、啄木の思想的中心軸は、まさに前述した「食ふべき詩」を先頭とする評論群にすえられていたのであろう。啄木一家の、生きるための生活現実と、啄木の画期的な思想展開を考え合わせるならば、ナショナリズムなどは、彼方にあったと言ってよいであろう。若い時から、私の頭に住みついてきた、啄木における「第二のナショナリズムの発光」とは、何であったか。幻覚のようにさえ思えてくるのである。

啄木における、ナショナリズムの「第一の発光」はまぎれもなくあった。そして、その発光に接続する位置に、すでに述べて来た啄木の父一禎に関する、「曹洞宗宗制」にもとづく「第一回目の警誡状」の発令があった。そしてさらにその先には、「曹洞宗警誡條規」が明示する父一禎の住職罷免があることは自明であった。

生活土台を離れた観念的なナショナリズムは、急速に後景に退き、啄木は、生活的、現実的な問題を「秘事」として抱え込むことになった。その後の啄木の思想には、明らかなナショナリズムは影を見せていない。そのかわり、第一回目のナショナリズムの発光時にすでに啄木内部に潜んでいた「マカロフ提督追悼」の詩に見られるような、グローバルな、インターナショナル的な視野が拡大していったのである。

そうした変化の一地点に、啄木自身が捨てた「老将軍」が立っていた、と私には思えてくる。

啄木詩「老将軍」は、その詩の最後の連で、「馬首をめぐらす」のである。そのめぐらした馬首の方向は、ナショナリズムを越境しようとする方向、グローバルな世界（のちの社会主義的思想）への旅立ちのように思えてくる。その心情こそ「悲雁一連月に啼く」にふさわしいとすれば、私には抵抗なく受け入れられる。

啄木詩「老将軍」は「越境」しようとしていた――。

（三）

私は前項で、啄木の「伊藤公の訃」問題が「一過性」だと書いた。それは、伊藤博文の暗殺者安重根にかかわるその後の啄木の記述や作品が、幾たびも続いていくことの対比においてであった。

啄木は「百回通信」での「伊藤公の訃」の第一回の中で、「今朝《こんちょう》東京の各新聞は殆《ほと》んど其全紙面を挙げて公が遭難の報を満載したり」と述べた。新聞各紙は、安重根に敵意をもって、「加害者」「狙撃者」と言い、「凶漢」「元凶」と憎悪をむき出しにして書き立てていた。その時啄木は、「百回通信」で安重根を「韓国革命党青年」と呼んだ。それは、安重根の主張の正当性を冷静にみている感じがする。この啄木の感情は、その後も尾を引いてゆく。

安重根は、事件の翌年明治四十三年二月十四日に死刑判決を受け、三月二十六日に、旅順で死刑が執行された。日本の新聞各紙が死刑執行をいっせいに報じた頃、啄木は「東京朝日新聞」に、「曇れる日の歌」と題する短歌五首を、八回にわたって連載していた。その六回目以降の三回が、安重根の死刑執行の時期と重なる。最後の三回にわたる「曇れる日の歌」の先頭歌は、次のようなものであった。

宰相の馬車わが前を駆け去りぬ拾へる石を濠に投げ込む（第三回）
心よく我に働く仕事あれそれを仕遂《しと》げて死なむと思ふ（第七回）
花咲かば楽《たのし》からむと思ひしに楽しくもなし花は咲けども（第八回）

これらの歌の背後には、安重根の死刑執行の報にゆれる啄木の心情が、深く張りついているように思われる。

夏目漱石が「朝日新聞」に小説「門」の第一回目を掲載したのは、安重根の死刑判決の日から二週間後の三月一日である。情勢に敏感な漱石は、伊藤博文暗殺をめぐる問題を、早速、連載第八回の三月八日に取り上げている。

「門」の主人公宗助が、妻のお米に、「おい大変だ、伊藤さんが殺された」と言い、号外を示す。お米は、しかし、少しも大変らしい声じゃない、と冗談半分に言う。そんなやりとりがあって幾日か後のお米と宗助の会話――。

「そう。でも厭《いや》ねえ。殺されちゃ」と云った。

「己《おれ》見たような腰弁《こしべん》は殺されちゃ厭だが、伊藤さん見たような人は、哈爾賓《ハルピン》へ行って殺される方がいいんだよ」と宗助が始めて調子づいた口を利いた。

「あら、何故」

「何故って伊藤さんは殺されたから、歴史的に偉い人になれるのさ。ただ死んで御覧、こうはいかないよ」（岩波文庫改版・二二五頁～二二六頁）

明治ナショナリズムの重圧の中で、このように書くことは、相当なことであろう。漱石が責任をもった「朝日新聞」文芸欄の校正は、啄木が担当していたから、啄木は、毎日校正で「門」を読み、そして、前述の小説場面も当然読んでいたと思われる。そう考える

と、ほぼ半年後の明治四十三年九月九日の作品、

誰ぞ我にピストルにても撃てよかし伊藤の如く死にて見せなむ

を、漱石の「門」の前掲場面につき合わせると、あたかも「門」の主人公夫婦の間にわり込んだ啄木が、見事な呼応を見せて歌っている、といった感じになる。啄木のこの歌は、明らかに漱石の「門」の場面に影響をうけているのである。

漱石の「門」と、啄木の歌に流れる共通感情は、「朝日新聞」社内で、内外情報を共有していた事を想像させる。新聞社の内部には、新聞には発表されない、国内的、国際的なさまざまの報道が集中していた。とりわけ、韓国の義兵運動や、それにかかわる安重根に関する真実の報道が数多く届いていたことは、当時の朝日新聞社の韓国での通信員配置状況からも、うかがい知れる（『朝日新聞社史・明治編』五八四頁）。

漱石と啄木は、新聞社内のそれぞれの立ち位置から、これらの報道を共有したであろうことを想像すると、二人は明治の歴史的事件の中で、はからずも黙契の地点に立っていたよう

に私には思われてくる。

啄木の、韓国や安重根への思いは、「大逆事件」や「韓国併合」に直面しながら、「時代閉塞の現状」に続いて書いた短歌「九月の夜の不平」（若山牧水主宰『創作』明治四十三年十月号）の中の、次の一首に凝集している。

地図の上朝鮮国にくろぐろと墨をぬりつゝ秋風を聴く（表記は発表誌）

（四）

司馬遼太郎の『歴史のなかの邂逅《かいこう》・7』（中公文庫・二〇一二年三月二十五日）の中に、「啄木と『老将軍』」と題した、四頁に満たない短かいエッセイが収められている。『国文学――解釈と教材研究』（一九七五年十月号）に掲載されたものである。短いけれども、このエッセイは、私にとって、ひどく刺激的なものであった。

内容は大きく二つに分かれており、前段は、「老将軍」の詩についての第一印象的なことであり、後段では、「老将軍」が啄木詩の中で占める位置のようなものを探している。

前段では、ある人から「老将軍」とは誰をさすかと、そのモデルを聞かれ、「よくわからない」と答える。その上で、この詩は、「啄木の詩としてはかならずしも上等なものではない」（二二四頁）と言い、その理由として、「使われている措辞《そじ》は、唐詩に表現される漠北《ばくほく》（匈《きょう》奴《じ》と対峙する戦場）のイメージから多くを得ていて、いわば漢詩で結像された型を出ていない」（前同）とした。続けて、啄木の詩は、唐詩の「定型的情景の上に乗っかっている」ゆえに、「マカロフ」の詩の主人公マカロフのような個性をもちようがなく、「作者自身も個性を持たせようとは思わなかったであろう」（二二五頁）というのが、ほぼ前段の中心的意見である。それゆえ、この詩の「モデル詮索など無用」という結論となる。

後段では、前述した「定型」という言葉を発展させている。「老将軍」は、「将軍という定型においてしか日本人の将軍をえがくことができなかったということに、啄木の詩を離れての課題があるといえるかも知れない」（傍線・引用者）とし、それゆえに「定型化して投げ出しておくほうが無難だということもあったであろうか」というわけである。

私が、司馬遼太郎のこの短かいエッセイに注目したのは、とくに傍線の部分である。これまで私は、啄木詩「老将軍」には、「曹洞宗宗制」によって、宝徳寺追放の危機に立っていた、啄木の父一禎の姿を幻のように重ねていることを述べてきた。司馬遼太郎が、エッセイの中で使っていた言葉で言えば、「影絵のナレーション」とでも言うべきか。司馬遼太郎が、何をイメージしながら「詩を離れた課題」と言ったのかは知るよしもない。しかし、私の「老将軍」についての関心から言うならば、前記傍線部分は、鋭い眼力として、私には納得できるものがある。

固有名詞を失って「典型」となった「老将軍」は、もはやナショナリズムの枠組みからもはずれたものと言うべきであろう。

明治三十七年三月に「岩手日報」に書いた「戦雲余録」の熱狂的な啄木のナショナリズムは、六ヶ月後には、詩「老将軍」の上を一過しつつあったと言えようか。

私はもう一度言わなければならない。

啄木詩「老将軍」は、固有名詞を失い、無名の「典型」となって、ナショナリズムの国境を出ようとしている――と。

私は、木村毅の空想に満ちた「逸詩となった啄木の詩」を思い出す。負けずに妄想する――。

――ナショナリズムの薄衣をまとった老いた将軍が、定かならぬ足どりで、あたかも自分のふみしめている大地を、少しでも早く離れようとしているかのような、気配をその姿態に滲ませて歩いている。衰死のようになった老人が、果して国境まで辿りつけたか、あるいは、途中で息絶えてしまったかは、誰も知らない。

何年かの後、「伊藤公の訃」に人びとが驚愕している場に、杖をひき、息を途切れさせた老いた将軍が、不意にあらわれる。

「無名」となり、生国も幻のようになった老将は、たしかな名前を、当代に刻み込まれた、ナショナリズムの記憶に輝くその葬いの主人公に、一瞬の羨望を老いた眼に光らせながら、老将軍は、これまで歩いて来た道に戻るようにして去っていった。その姿に関心を示したものは、もう誰一人も居なかった――。

出来の悪い空想である。木村毅の空想の方には現実感があった、と思う。私の空想に力がないのは、ナショナリズムが生きいきと、現実的に、自分の中にとらえられていないせいであろう。

エピローグ

（一）

遠地輝武《おんちてるたけ》のナショナリズム論が、ずっと心に残っていた。それは、渡辺順三・石川正雄編『石川啄木選集』（全七巻・春秋社）第一巻の『啄木詩集』（一九六〇年十二月五日）につけた「解説」である。遠地輝武のこの「解説」は、啄木の詩的創造におけるナショナリズムを探究した数少ない評論の一つである。

遠地輝武は、啄木の「幼年時代をとらえた強烈なナショナリズムの思考が、その晩年の社会主義的思考の中でどのように消化せられつつあったかを眺めてみること」（二一〇頁）の重要性を指摘しながら、次のように述べていた。

「敵将マカロフの不運な敗戦へのふかい同情と尊敬の……愛敵《マ》的《マ》心情にこそ、ほかならぬ当時の日本庶民の抱いていた良識的な愛国感情の姿をみるものといっていいし、また、だからこそそこには普通〈明治ナショナリズム〉と一概にいわれてきたものの内質にも、いわゆる支配的イデオロギーのそれと、国民のそれとに複雑な異質性のあったことがみとめられるというものではないだろうか」（二一二頁）。

「たまたまある詩人が何か自己をとらえた愛国的な情感をつよくうたったというだけの理由で、それがすぐ古風で、かつ反動的・封建的な〈時代遅れ〉の作品というふうに取り扱う傾向があったようにおもわれる。……（それは）一方に近代日本のもう一つの側面をとらえてきた欧化排外主義というものがあり、そこから自己文化をながめてかえって自己軽視におちいるといった民族的心情のコンプレックスを反映するものにほかならないのではないかとおもう」（二一三頁〜二一四頁。傍線・引用者）

要するに、恩地輝武の「解説」の中心は、ナショナリズムとこれに反対の潮流とを、二項対立的に、平板なイデオロギーとしてとらえる、その誤りと、認識の浅さを指摘したものであった。ナショナリズムは、当代にくり拡げられた国家思想と、民衆のリアルな生活実感——その感情や感性——を基底において考えていくべきであることを、強調しているのであった。
ナショナリズムは、その名を印したプラカードを掲げて登場し、退場するものではないという主張であった。
私には、傍線部分に関し、思いあたるものがある。日露戦争が開戦した直後、夏目漱石が、『帝国文学』（明治三十七年五月号）に七連の七・七調新体詩の「従軍行」を発表した。次はその第一連である。

吾に讐《あだ》あり、艨艟《もうどう》吼《ほ》ゆる
讐はゆるすな、男児の意気。
君に讐あり、貔貅《ひきゅう》群がる、
讐は逃すな、勇士の胆。
色は濃き血か、扶桑の旗は、
讐は照さず、殺気をこめて。

漱石の友人である美学者大塚保治の妻大塚楠緒子《くすおこ》が、翌明治三十八年『太陽』一月号に、漱石の「従軍行」をいかにも念頭においたと思われるような、戦争の新体詩「進撃の歌」を発表した。

進めや進め一斉に
一歩も退くな身の恥ぞ
奮戦激戦たぐひなく
旅順の海に名を挙げし
海軍士官か潔よき
悲壮の最後を思はずや

これは第一連の半ばまでである。この長詩に対し、漱石は、野村伝四宛のハガキ（六月三日）で、「大塚夫人の戦争の新体詩を見よ、無学の老卒が一杯気嫌で作れる阿保陀羅経の如し女のくせによせばいゝのに、それを思ふと僕の従軍行抔《など》はうまいものだ」と、かなり我田引水的な批評をしていて面白いが、漱石に手きびしく揶揄《やゆ》された、大塚楠緒子のそのあとのことを私は考えようとしている。

「進撃の歌」のあと、与謝野晶子が同年の『明星』九月号に有名な「君死に給ふこと勿れ」を発表した。これに続くように、大塚楠緒子は、翌年の明治三十八年『太陽』一月号に、「お百度詣」の詩を発表している。

ひとあし踏みて夫思ひ
ふたあし国を思へども
三足ふたたび夫おもふ
女心に咎ありや
朝日に匂ふ日の本の
国は世界に只一つ
妻と呼ばれて契りてし
人も此世に只ひとり
かくて御国と我夫と
いずれ重しととはれなば
ただ答へずに泣かんのみ

お百度詣ああ咎ありや

「お百度詣」は、「君死に給ふこと勿れ」の非戦の思想を継いでいることは明らかである。私には、夏目漱石の「従軍行」もであるが、とくに大塚楠緒子の「進撃の歌」から、「お百度詣」への詩精神の転移は、わかりにくく、謎めいていると感じてきていた。しかし、前述の遠地論文の傍線部分は、私の気持ちをなるほどと落着かせるものがあった。

（二）

それにしても、そもそもナショナリズムとは何か、とあらためて思う。手許の『社会思想事典』（岩波書店・二〇〇八年三月二十五日）を開いて、「ナショナリズム」の項を見ると、次のように定義してあった。

「人が政治共同体、特に国家に帰属している感じ、帰属しようと志向する感情、あるいは、人が帰属する対象として、他のものより国家を優先させるイデオロギーや運動」（二三八頁）

『社会思想事典』はさらに続ける。十九世紀に、ヨーロッパ全域に及んだナショナリズムは、二十世紀には世界各地に広まったという。この二十世紀初頭こそ、「明治ナショナリズム」と啄木とが、激しく軋《きし》み合った時代であった。もちろん前掲書に、この軋みを明快に解くような記述はなかった。『社会思想事典』は、定義に続けて、「ナショナリズム」研究の現段階を簡略に述べながら、最後に、「ナショナリズムの世界的な伝播」にふれながら「ナショナリズムの両面性」について述べている箇所に注目した。

そこでは、「一面で、独立や民族解放運動など、多くの集団が、政治や文化の主体となる契機となった」が、反面、そうした条件の下で、「文化、言語、宗教、出自、人種などの標識を強調し、国民の同質性の意識をもつ国内の少数集団の抑圧や外国との蔑視や対立というエスニック紛争を起こすことになる。この劇薬のような両面性は、……ナショナリズムの光と陰のなかに示されている」（二四一頁。傍線・引用者）と述べているところがある。ここの説明は、現在の地球上における、さまざまな対立、紛争、戦争などの本質を洗い出している。ちなみに、ここで言っている「エスニック」とは、前掲『事典』によれば、「他の集団から識別する絆《きずな》」のことで、言語、宗教、出身、身体的形質をもち、「『われわれ』と云うアイデンティティを持ったもの」（十五頁）のことである。

塩川伸明著『民族とネイション』（岩波新書・二〇〇八年十一月二十日）は、「ナショナリズムは極度に多様な現象である」（二十頁）とし、「それは他のさまざまな政治イデオロギーと自在に結合する」（同上。傍線・引用者）と述べている。まさに、これは「ナショナリズム」の「謎」とも「難問」ともされてきたものであり、それは、その根の所にある「劇薬のような両面性」によるものであることが、うかがい知れる。この意見の延長上で著者は言う。「ナショナリズムはリベラリズムと結合することもあれば、反リベラリズムの色彩を濃くすることもある」（同上）。ここの一節は、私の目を開かせた。

私が、啄木における「ナショナリズムの第一回目の発光」と考えた、国民国家の形成強化を目ざした明治ナショナリズムにたいし、はばかることなく共鳴していた「戦雲余録」の熱狂の中で、「戦艦ポチョムキン号」に対する憧憬《しょうけい》や、「マカロフ提督追悼」の詩にあらわれた、啄木の若い精神の反応について私は、ナショナリズムの熱風とは異なる時空で醒めた啄木が吹かれていた、グローバルなものへの視野と関心として考えて来た。しかし、『民族とネイション』の著者の見解をおさえるならば、啄木におけるこの相反する精神的傾向は、発光の本体である啄木の主体の一つの作用としてとらえることになる。つまり、二つの現象は、一つの本体が示した「劇薬のような両面性」ということになるのであろうか。このとらえ方は、前述した遠地輝武の「解説」とも通底しているといえる。

そうだとすれば、その本体である啄木が、明治三十七年の秋おそい時期に、詩作によって呼び出した「老将軍」がナショナリズムの国境を越えようとした弱々しい姿は、逆に啄木が年少期からもった熱烈なナショナリズムの、急激な衰退を示してはいないか――ということにもなろう。それはすでに、本稿で述べてきた部分にもかかわることである。

（三）

私がこれまで、啄木における「ナショナリズムの第二の発光」としてとらえていた「伊藤公の訃」に対する啄木の対応を、啄木をめぐるその時の状況を洗い出すことによって、「擬態」ではないか、と感じたことは、すでに本稿の中で述べてきたところである。

しかし、ナショナリズムの「自在な結合」論の筋から言えば、私の「擬態」論は否定されねばならないことになってしまう。「伊藤公の訃」で発した啄木のナショナリズムは、「擬態」ではなく、真正で強烈なものでなければならないことになる。なぜならば、あの妻の家出事件以降の啄木の評論群にあらわれた、生活の土台と、国家に立ち向かった、強固な回転軸のもつエネルギーを説明のしようがないからである。回転前のもつエネルギーなくして、回転後のエネルギーを生みだすことは、ないであろう。私の頭の中の、単純な物理学の運動論である。しかし、すでに述べてきたように、啄木におけるナショナリズムの「第二の発光」は、ひどく限定的な「一過性」であり、啄木の残した作品から逆に照明をあてるとすれば、それは「擬態」としか言いようがないのである。つまり、ナショナリズムの「自由な結合」論や「転換」論は、私が関心をもつ、啄木のナショナリズムを考える上で、ある面では合理性を発揮し、またある面では、ひどい軋轢を起こしてくる、と感じざるを得ないのである。それは多分、私のナショナリズム論の不勉強にあるのかも知れない。

戦後、社会学の分野ではナショナリズム論の研究が大きな発展をしたということであるが、そのリーダー的役割を担った大澤真幸《まさち》は、『近代日本のナショナリズム』(講談社選書・二〇一一年六月十日)において、ナショナリズムのあらわれについて、さらに原理的に論及している。

前掲書は、「レーニンのショック」という関心をそそる内容を、ナショナリズムの学問的探究の一視点としてきたことを、本書の最初の所で述べている。「レーニンのショック」とは、第一次世界大戦時における、第二インターナショナルの日和見主義とレーニンのたたかいの場面をさすものであり、具体的には、「第二インターナショナルに参加していた、ヨーロッパ各国の社会主義政党は、ほぼ一斉に、自国の戦争の支持に回った」（十五頁）ことを指している。

著者は、「社会主義やマルクス主義は普遍的な思想」として「普遍主義」とし、「ナショナリズムは、特定のネーション（国民・民族）に愛着し、これを優先する特殊主義の一形態」（十五頁）とした上で、ナショナリズムの本質を次のように規定している。

「ナショナリズムの本質は、背反する二つの志向性の交叉に、すなわち特殊主義的な志向性と普遍的な志向性の交叉にこそある」（十四頁）

こうした専門研究分野の言説に馴れない私にとっては、この言葉がひどく抽象的で、とらえにくい。しかし、塩川伸明の説明や、『社会思想事典』の「解説」などと考え合わせるならば、おぼろげながら、問題の所在がわかる気がする。だが、石川啄木におけるナショナリズム論とは、かけ離れていく感じがしないでもない。

「伊藤公の訃」について、私は色いろ書いてきたが、『近代日本のナショナリズム』の著者が、「普遍性への志向が、どうして特殊性への志向へと反転するのか」（十七頁）と「レーニンのショック」の記述の中で自問している。同じことを「突然の折れ曲り」（十五頁）とも言っている。この逆の「反転」――特殊性から普遍性への――があり得るとすれば、啄木における特殊主義が、妻の家出事件の解決をはさみながら、普遍主義の方向に全く劇的に「反転」したという事で、私の考えてきた啄木のナショナリズムの「第二の発光」は、一つの説明が出来そうに思う。しかし、それは出来ない。著者は逆の「反転」など認めていないからである。

こうして考えてくると、啄木におけるナショナリズムの問題は、まだまだ奥が深く解明されなければならない問題が残されている思いを強くする。わけても戦後のナショナリズムの研究から深く学び取る必要を痛感する。そのことによって、石川啄木におけるナショナリズム論は、もっと総合的に、理論的に整理され、啄木の思想と文学をより深く刻み上げる事になるのではなかろうか。

（『民主文学』二〇一九年六、七月号）

生活の風景と言葉

はじめに

一九一〇（明治四十三）年――「大逆事件」が勃発し、「韓国併合」が強行された。激動的な内外情勢の中で、若き詩人石川啄木が、画期的な評論「時代閉塞の現状」を書いてから、来年は百年を迎えることになる。

日本近代の「冬の時代」の時期に、貧しく病弱な石川啄木が、どのようにしてこの時代状況とわたり合ったか、そのことは、百年後に生きる私たちにも、深く考えさせる問題を含んでいる。

石川啄木の生まれたのは、一八八六（明治十九）年二月二十日である。この年の五月一日に、アメリカの労働者はシカゴを中心に、八時間労働制を要求して、はげしいゼネストを闘った。これがメーデーの起源である。また、プロレタリア文学の旗手であった小林多喜二が殺されたのは一九三三年二月二十日であった。二月二十日は啄木の生まれた日でもある。これらは偶然のことではあるが、啄木の生涯における思想と文学を考える上では、深くからまる一つの奇縁である。

本稿で検討したいと思うことは、こうした奇縁が象徴するような、啄木における文学的、社会的人間像であり、その焦点としての、啄木における「生活」の展開を考えたいと云うことである。

一、風景認識の前進

一九〇八（明治四十一）年四月下旬、最後の上京をした石川啄木は、五月四日に、金田一京助の下宿である本郷菊坂の赤心館に身を落ち着けた。「今度の上京は、小生の文学的活動を極度まで試験する決心に候」（向井永太郎宛・五月五日付）と書いたように、啄木は異状な決意で創作に専念し、五月八日からの「およそ四十五日間で啄木は小説を二百二十枚ほどと詩を八編書き、短編の構想を十六本分練った」（関川夏央『二葉亭四迷の明治四十一年』二八八頁）ほどの努力をしたが、小説は一作も売れなかった。これが上京してから秋に到るも変わらない啄木の状況であった。啄木は物心両面の窮迫状況におかれ、苦悩は深刻なものとなっていった。

ただ短歌をやみくもに作った。「明治四十一年歌稿ノート『暇ナ時』」には、六月十四日からはじまり十月十日までの作品六百五十二首が収められているが、約四ヶ月間の作品数としては驚くほどのものである。

しかし、この時期に、見落とすことの出来ない問題がある。一つは、死の誘惑とたたかい、創作に悪戦苦闘しながら、他方では旺盛に読書していたという事実である。ゴーリキーをしきりに読み、ツルゲーネフを読み、蕪村句集、杜甫・陶淵明・白楽天の詩を読み、さらに『万葉集』『古今集』『源氏物語』まで読んでいる。啄木は読みながら、書きながら、死を自らの中から追放するために、理性の声を強めていったのである。もう一つは、赤心館時代の六月二十二日に起こった「赤旗事件」の、啄木短歌への反映の問題である。

「赤旗事件」とは、熱烈奔放な社会主義者で、『光』の編集発行人であった山口孤剣の出獄歓迎会が、神田錦町の錦輝館で開かれたおり、「無政府共産」「無政府」などの文字を赤地に白く縫い付けた旗を立てて、警察官と大乱闘になった事件である。堺利彦、荒畑寒村、大杉栄などとともに、管野スガ、大須賀サトなど若い女性四名を含む計十六名が逮捕され、新聞各紙はセンセーショナルにこの事件を報じた。啄木は、翌日の夜から二十五日にかけて二百四十六首の歌を作ったが、その中に、この「赤旗事件」に触発されたと思われる歌がかなり見出される。次はその一例である。

判官よ女はいまだ恋知らず赦《ゆる》せと叫ぶ若き弁護士
うす紅き煙あがれり夜の空遠き都の地平の上に
女なる君乞ふ紅き叛旗をば手づから縫ひて我に賜えよ
君にして男なりせば大都会既に二つは焼けてありけむ

また、題名のない中断の詩に、次の一章がある（『石川啄木全集』第四巻・四三七頁）。

赤！　赤！
赤といふ色のあるために
どれだけこの世が賑やかだらう。
花、女、旗、
それから血！
砂漠に落つる日

海に浮ぶ戦さの跡の波、

これは、明らかに「赤旗事件」をモチーフとしている。「赤」「女」や「旗」「血」などは、いずれも事件を象徴する言葉である。すでに引用してきた一連の短歌を合わせ読むならば、このことは、きわめて明瞭である。

「赤旗事件」で西園寺内閣が倒れ、元老山縣有朋の策動により誕生した桂内閣は、社会主義運動への弾圧を強化しながら、「大逆事件」への道をいそぐことになる。赤心館時代の啄木が、「大逆事件」の序曲となった「赤旗事件」に遭遇し、その関心を作品によって表明したことは、意味深いことである。

焦燥と煩悶の赤心館での四ヶ月後、啄木は本郷森川町の新坂上の高台にある蓋平館別荘に移った。翌日、九号室という三畳半の穴ぐらのような部屋に落ち着いた。

「眼下一望の甍の谷を隔てて、杳かに小石川の高台に相対してゐる。左手に砲兵工廠の大煙突が三本、断間《ママ》なく吐く黒煙が怎やら勇ましい。晴れた日には富士が真向に見えると女中が語った。」（日記・九月八日）

啄木が待望した富士は一週間後の九月十五日に姿を見せた。恐らくこのときに描いたと思われるスケッチには、左端に煙を吐く三本の煙突を描き、画面の右から四分の一あたりに、屋並みの果ての富士を、平仮名の「へ」の字のように小さく描いている（『石川啄木全集』第五巻・三三二頁）。

ここで注目したい事は、三畳半の穴ぐら部屋から見た、砲兵工廠の煙突についての感じ方が大きく変化していくことである。

「左手には大都の檣《ほばしら》のように突立った、砲兵工廠の三本の大煙突から日がな一日凄じい黒煙《けむり》が渦巻いてゐる。其黒煙が、朝な夕な、天候の加減で、或は谷の上を横様に這ひ、或は神田の方へ、或は牛込の方へ靡く。」（「小説断片その他（無題）」明治四十一年十一月十二日起稿）

「最初此下宿に移った許《ばか》りの頃は、窓を開けると先ず第一に僕の目を呼んだのは、此大煙突よりも寧《むし》ろ真向ひに見える富士山であった。……秋天一碧の下に瞭然浮んでゐる其新雪の装ひを望んで、漸く記憶に朧ろなる故郷の山を懐ひ、人知れぬ思郷のなみだに我が心の弱きを恥ぢとせぬ日もあった。……その富士山が、何時ともなく、見えても見えなくても薩張《さつぱり》僕の目に留らなくなって了った。僕は山を忘れた、然し三本の大煙突は依然として僕の目から遁れぬ。朝な夕なに毒竜の如く渦巻き出る其煙！」（「原稿断片（無題）」明治四十一年秋稿）

啄木は富士山について関心を持って描写をしていない。スケッチの中の、一筆描きで遠く小さく描いた「へ」の字の富士山は、よく見ないと見つからない程である。おそらく、静止的な遠景として名だたる富士山を、ただ視野の中に浮かばせていたに過ぎないのであろう。やがてその富士山も「見えても見えなくても」どうでもよくなって、啄木は「山を忘れた」のであった。それと入れ代わるように、砲兵工廠の三本の大煙突の吐く煙への関心は強まり、その描写は克明になっていく。「毒竜」のような煙が、啄木の内部に充満していったのである。

啄木の三本の大煙突への関心は翌年にも続いていく。

「四五日前の或朝、僕は何時になく早く起きて窓に倚って居た。と、彼の大煙突の一本が薄い煙を吐き出した。僕は其時初めて今迄煙の出てゐなかった事に気が付いた。薄い煙は見る〳〵濃くなった。大きい真黒な煙の塊が、先を争ふ様に相重って、煙突の口の張裂けむ許りに凄じく出る。折柄風の無い曇った朝で、毒竜の様な一条の黒煙が、低く張詰めた雨雲の天井を貫かむ許の勢ひで、真直ぐに天に昇った。」（「小説断片その他・島田君の書簡」明治四十二年三月二十四日起稿）

この原稿断片「島田君の書簡」は、前掲文章に続けて、都会の工場の「幾千百本の煙突」を想像し、そこから吐き出す煙の凄まじさを思い浮かべ、煙毒によって生物の健康が害され、「いかなる健康者でも其区域に住んで半年程経てば、顔に自《おのず》と血の気が失せて妙に青黒くなり、眼が凹んでドンヨリする。」と書く。このことは「人類の未だ曾《かつ》て想像した事のない大悪魔の様な黒煙が、半天を黒うして其都会の上に狂ってゐる。」と想像しているのである。ここでは風景は外部にあって、身体的な感覚にとって受身的に反応するものではなく、啄木の「身体の内部から発見した問題」として、能動的に組み換えられていくのである。それは眼前の風景の中に人間の生活を思い浮かべ、人間の未来を見通した俊敏な詩人の想像力であった。

「生活」とは、「生存し、活動すること」（『広辞苑』）という。そうだとすれば、当然「生活」の言葉には、生きる主体としての人間と、活動する社会状況が前提されるであろう。啄木は、桑原武夫が「日本の日記文学の最高峯」と激賞したローマ字日記（明治四十二年四月三日～六月十六日）の修羅の世界をくぐり抜けた先で、本格的な「生活」と出合い格闘するのである。

二、生活の発見と深化

一九〇九（明治四十二）年三月一日、啄木はこの日から東京朝日新聞社の校正係として勤めはじめる。六月十六日、函館にいた家族が、宮崎郁雨に伴われて上京、本郷弓町二丁目の新井という床屋の二階二間を借りて、新しい生活を開始した。郁雨が送ってくれた十五円で借りたものである。蓋平館の百十九円の借金は、金田一京助の保証で、毎月十円の月賦返済で話がついたものの、社からはすでに前借りしていたから、一家の生活は、たちどころに苦しくなった。六月の「晦日は一文なし」（宮崎郁雨宛・七月五日）となってしまった。月が変わってすぐ啄木は社から二十五円の前借りをする。米を買い、小口の借金の払いをしたらもう二十五円は無くなってしまった。郁雨が急場をしのぐため二十円を用立てた。郁雨に助けられて、啄木一家は息をつく――。

北海道時代から確執を深めてきた、病身の妻節子と母との感情的対立は、一家の窮乏の中でますますひどくなっていった。啄木の妻節子は、ついに娘京子をつれて実家に帰ってしまった。この妻の家出事件は、啄木に重大な衝撃を与えたのであった。

かつて自らは、函館の妻子に送るべき金も送らずに、女を求めて浅草の紅灯の巷を彷徨していた啄木であった。しかし、啄木は己れの妻に対しては、自らへの信頼を絶対のものとする、ご都合主義的な確信にたって、妻の「服従」を自明なものとし、いささかも疑うことがなかったのである。妻の家出事件は、啄木の中にあった、こうした封建的家父長意識と、家族の生活に対する無責任さ——責任からの逃避——、さらにはそれを合理化するところの、啄木における、文学「天職」論の自意識への痛烈な批判であった。啄木は怒りつつ、狼狽《ろうばい》したのであった。

「日暮れて社より帰り、泣き沈む六十三の老母を前にして妻の書置《かきおき》読み候ふ心地は、生涯忘れがたく候。昼は物食はで飢えを覚えず、夜は寝られぬ苦しさに飲みならはぬ酒飲み候。妻に捨てられたる夫の苦しみの斯《か》く許《ばか》りならんとは思ひ及ばぬ事に候ひき。」（新渡戸仙岳宛・十月十日）

妻の家出直後の啄木の心情を、恩師に伝えた数少ない資料の一節である。

妻と子が啄木のもとに帰ってきたのは、家出して二十日後の十月二十六日であった。啄木はのちに宮崎郁雨に宛てて、「僕の思想は急激に変化した。僕の心は隅から隅まで、もとの僕ではなくなった」(明治四十三年三月十日)と書き送っているのをみても、妻の家出事件は、啄木の生き方の中に含まれていた、前述のような、個人主義的自己充足の思想の敗北であり、それへの鋭い警鐘であった。繊細で鋭敏な感覚と直感の持ち主であった総明な啄木に、このことが悟れないはずはなかった。「私は漸くその危険なる状態から、脱することができました、私の見た夢はいかに長かったでせう、」(大島経男宛・明治四十三年一月九日)。

啄木は、この敗北の地点から新しく歩みはじめたのである。それはあらたな「生活の発見」であり、啄木の思想と文学の画期的前進となるものであった。

啄木は見ちがえるように活力をとり戻し、評論活動を精力的に展開していった。「食ふべき詩」(明治四十二年十一月三十日)、「きれぎれに心に浮んだ感じと回想」(十二月一日)、「文学と政治」(十二月十九日)、「一年間の回顧」(明治四十三年一月一日)などを、つぎつぎに執筆し、新聞や雑誌に発表していった。

啄木のこれらの諸評論の論点は多岐にわたるが、あえてキーワードをさがすとなれば、それはまさに「生活」であり、この「生活」の土台をバネとして「国家」が引出されてくることになるのである。啄木における「生活」の見直しは、現実的な家族への責任の問題が第一に浮上したのは当然である。しかし、啄木のすぐれていた点は、この「生活」の問題を軸として、自らの思想と文学についての再吟味を発展させたところにある。

文学の上での重要な到達点としては、評論「食ふべき詩」をあげることができよう。それまでの啄木は、観念と夢想の世界で、飾り立てた空虚な言葉をもって、気ままに浪漫主義の世界を飛翔していたと言えよう。しかし、「食ふべき詩」によって、啄木の詩と評論は、生活感情を重視した地上の世界へ、人間の生活の中へとひきおろされ、そこに、あらたな文学の自立の基盤をつかもうとしたのであった。それは、文学と生活の一元化であり、まさに、リアリズムの立場からする刮目《かつもく》すべき詩論であった。

啄木の思想的前進の姿は、「生活の発見」以後に書かれた評論の各所に、あざやかに浮かび上っている。とりわけ自然主義批判と、啄木における「国家」との出合いは強い印象を形づくっている。

すでに啄木は、ローマ字日記の世界でも、自然主義が、現実と理想を図式的に対立させ、理想を排除して、あるがままの現実を強調していることを最大の弱点と見ていた（四月十日）。なぜならば、理想と現実が相わたり合う統一的な把握がなければ、実は理想も現実も自立できず、その正しい発展は望めなくなるからである。

啄木は、「食ふべき詩」とほぼ平行して書いた評論「きれぎれに心に浮かんだ感じと回想」で、自然主義への批判を強めながら、つぎのように国家の問題に論及している。

「長谷川天渓氏は、嘗《かつ》て其の自然主義の立場から『国家』といふ問題を取扱った時に、一見無造作に見える苦しい胡麻化しを試みた。（と私は信ずる。）謂ふ如く、自然主義者は何の理想も解決（現実問題の・引用者注）も要求せず、在るが儘を在るが儘に見るが故に、秋《しゅう》毫《ごう》も国家の存在と抵触する事がないのならば、其所謂《いわゆる》旧道徳の虚偽に対して戦った勇敢な戦も、遂に同じ理由から名の無い戦になりはしないか。従来及び現在の世界を観察するに当って、道徳の性質及び発達を国家といふ組織から分離して考へることは、きわめて明白な誤謬である——寧《むし》ろ、日本人に最も特有なる卑却である。」

「きれぎれに心に浮かんだ感じと回想」は終りの部分で、「国家！　国家！　国家といふ問題は、今の一部の人たちの考へてゐるやうにそんなに軽い問題であらうか?」と、あらためて問いかけている。

この評論でとりあげられている「国家」なり「旧道徳」なりを、絶対主義的天皇制や、それをイデオロギー的に支える、儒教道徳による教育勅語体制に置きかえて見るならば、啄木の批判の鋭さや、その本質的な問題のとらえ方が、実にいきいきとしてくるのである。

啄木は、妻の家出事件を含む十月五日から十一月二十一日まで、『岩手日報』に、二十八回にわたって「百回通信」を書いている。この内容を分析することは、なかなか興味ある課題であるが、ここでは、「生活の発見」後の十一月十五日執筆の、第二十五回目の「工場法案」の問題についてだけ簡単にふれておきたい。妻の家出事件解決以降の「百回通信」の内容は、その筆づかいも精彩さをもってきている。とりあげる問題も、社会政策的な傾向を強めている特徴がある。その最も代表的なものが、十二月二十二日招集の第二十六帝国議会に提出されようとしていた「工場法案」についての論評であろう。

日本の資本主義は、その発展の中で、労使の対立・矛盾をいっそう深めていたから、社会不安の拡大にもつながる大きな危険をはらんでいた。労使関係をどう協調的なものにしていくかは、日清戦争後の明治政府の国家的な政策方向であった。その立案内容と議会との関係には紆余曲折があったが、詳細は割愛したい。日露戦争後の恐慌到来とともに、日本の労働運動は激烈、大規模なものとなった。啄木が本郷森川町の蓋平館別荘の三階の穴ぐらの部屋で、重大な関心を持って眺めた、三本の大煙突を持つ砲兵工廠も、一九〇六（明治三十九）年八月にはストライキを行っていたのである。一九〇八年の「赤旗事件」の影響もあって、明治政府はあらたな「工場法」を起草し、第二十六議会に提出しようとしていたのである。

政府の「工場法案」の最大の問題は、労働者の労働時間については、何の制限も設けず「十六歳未満の男子及び一般女子に対して、八時間以上十二時間てふあれど無きに等し」い状態であると、啄木は「百回通信」で述べている。ここには、労働者保護などという視点はなく、資本家の収奪の苛烈さのみがきわだっていたのである。「法案」の細かな内容は省略せざるを得ないが、啄木が「百回通信」の中で、自ら圏点を打っている次の言葉は、おそらく啄木の独自な見解として注目すべきものであろう。

「是をもって是を見るに、政府今回の工場法案なるものは、実に唯従来勅令を以て規定し若しくは行政警察の方針として採用し来たりたる所のものを形式的に一括したるに過ぎずと言ふべし。」

「百回通信」における啄木の「工場法案」の論評は、十年をかけたにもかかわらず、「大山鳴動して鼷鼠出づる」程度のものであったと、法案内容を批判したが、同時に、「仮令《たとえ》不備の点はありとも、有るは無きに優る」ときわめて現実的な立場を示しながら、「工場法案」がヌケ穴だらけであることから、これとは別に「失職労働者保護法案を制定すべし」と主張しているのは注目してよいことであろう。

結局、桂内閣は深夜業禁止事項に対する関係業者の猛反対、立憲政友会の反対などにあって、法案は一ヶ月後に自ら撤回してしまった。この「工場法案」は、「大逆事件」後の第二十七議会に再提出され、改悪を重ねながら、一九一一（明治四十四）年三月二十日にようやく成立した。しかし、「此結果小工場に於ける労働者は一層の虐待を受くるであろう」（片山潜『週刊・社会新聞』第七十七号・三月十五日）と言われるほどのひどいものであったが、それでさえ、実際の施行は六年後の一九一六（大正五）年まで据え置かれたのである。

啄木は「一年間の回顧」の中で、「工場法実施後に於ける一般労働者の思想上の変化」についていて、はやくも「熱心と興味」とを示していたが、この「工場法」の実施後、いかに資本がキバをむき出して労働者を非人間的に酷使したかを、演劇活動を通じて鋭くあばいていったのは、関東大震災の折り、軍隊によって射殺された、社会主義者であり労働者作家であった平沢計七であった。

啄木が期待したような「工場法」や「失職労働者保護法」などの精神が実現するのは、戦後の労働基準法を中心とした労働法制においてであった。

明治四十二年秋は、啄木の思想・文学におけるきわめて重要な転機であった。その転機はまさに生活の発見であり、国家との遭遇であった。ここを回転軸として、啄木はあらたな地平へと再出発したのである。これなくしては、いかに俊敏な啄木といえども「大逆事件のもった権力構造を解明し、時代の閉塞的な状況に迫ることは、きわめて困難であったろうと私は思うのである。そして、誰よりも明晰にこの転換点を認識していたのは、ほかならぬ啄木自身であった。二十三歳の青年啄木が、妻の家出事件の年の最後に書いた「一年間の回顧」の末尾の一節は、そのことを実に鮮明に、感動的に現在の私たちに伝えている。

「日本国民の新経験と新反省とを包含したところの時代の精神は、休みもせず、衰へもせず、時々刻々に進み且つすすんでいる。……彼此考へ合わせてみて目を瞑ると、其処に私は遠く『将来の日本』の足音を聞く思ひがする。私は勇躍して明治四十三年を迎えようと思ふ。」

三、啄木的世界の発展

一九一〇（明治四十三）年六月、啄木の生涯を決定づけたとも云うべき、いわゆる「大逆事件」が勃発した。

この事件は、信州明科にいた機械工の宮下太吉が爆弾を製造し、管野スガ、新村忠雄、古賀力作などが、天皇暗殺を相談したということで、天皇制政府は、これを社会主義運動弾圧のために徹底的に利用した。桂軍閥内閣は、フレームアップによって、社会主義者を一網打尽にしようとした。結局、二十六名が被告とされ、二十四名が明治憲法下の刑法七十三条の「大逆罪」（「天皇、太皇太后、皇太后、皇后、皇太子、又ハ皇太孫ニ対シ危害ヲ加ヘ又ハ加ヘントシタル者ハ死刑ニ処ス」）によって、死刑、二名が十八年と十一年の懲役となった。ところが判決の翌日、十二名が天皇の名による「特赦」で無期懲役に減刑。明治四十四年一月二十四日、幸徳秋水以下十一名が死刑、翌二十五日、管野スガが死刑となったのであった。

「赤旗事件」以来、絶対主義的天皇制の政府は、労働運動、社会運動、社会主義運動の発展の様相を恐れ、運動への弾圧を徹底的に強化していった。日本の資本主義は、独占資本主義の段階に深くつき進んでおり、支配勢力は強い危機感の中にいた。

近代評論史上の白眉ともいうべき、啄木の画期的な論文「時代閉塞の現状」は、一九一〇(明治四十三)年八月末から九月へさしかかった時期に書かれた。これは、魚住折蘆《うおずみせつろ》が『東京朝日新聞』に発表した、「自己主張の思想としての自然主義」への批判として書かれたものであったが、啄木生前には遂に発表されなかったものである。

「我々青年を囲繞《いじょう》する空気は、今やもう少しも流動しなくなった。強権の勢力は普《あまね》く国内に行亘《ゆきわた》ってゐる。現代社会組織は其隅々まで発達してゐる。」

「斯くて今や我々青年は、此自滅の状態から脱出する為に、遂に其『敵』の存在を意識しなければならぬ時期に到達してゐるのである。……我々は一斉起《せいた》って先ず此時代閉塞の現状に宣戦しなければならぬ。自然主義を捨て、盲目的反抗と元禄の回顧とを罷《や》めて全精神を明日の考察——我々自身の時代に対する組織的考察に傾注しなければならぬのである。」

「明日の考察！　これ実に我々が今日に於いて為すべき唯一である。さうして又総《すべ》てゞある。」

これは「時代閉塞の現状」の中で、最も白熱した光を放っている部分である。ここでは、あの生活の発見の中で、初めて摘出した国家を、「敵」として引き据えているのである。啄木によって「敵」として認識された国家とは、まぎれもなく絶対主義的天皇制の明治国家であった。

「時代閉塞の現状」によって分析された時代状況と、その打開の展望は、百年後の今日における時代閉塞の現状に打ち重なり、私たちの未来展望を励ますものとなっている。それは、啄木の時代を透徹した、鋭い洞察力を示したものと云わなければならない。

「大逆事件」が起こった直後から書きはじめられた「明治四十三年歌稿ノート」には、事件に触発された啄木の心内の激動が数多く書きとめられている。それらについて詳細に語る余白はなくなって来た。そこで、「時代閉塞の現状」を書いた直後の頃の作と思われる、「九月九日夜」と表題した三十九首の中の次の一首についてふれておきたい。

地図の上朝鮮国に黒々と墨をぬりつつ秋風を聞く

これは、一九一〇（明治四十三）年八月の「韓国併合」についての啄木の批判の歌である。日本帝国主義によって植民地とされた韓国は、地図の上では日本領土を示す赤い色に塗り変えられた。啄木は、それをさらに墨で塗りつぶしながら、「国」を奪われた民族の慟哭を自らのものとして感じとっているのである。この作品については、多くの研究者が論じ、さざまな評論が書かれてきた。しかし、見落とされてきた重要な問題がある。それは、この短歌表現の中の第二句「朝鮮国」にかかわることである。

「韓国併合」に関する『官報』号外は、八月二十九日付、十六頁という異例の姿で発行された。これには、天皇の大権にもとづく「勅令」が「第三百十八号」から「第三百三十九号」までひしめいている。「勅令」の先頭を占めた「第三百十八号」とは次のようなものであった。

「朕韓国ノ国号ヲ改メ朝鮮ト称スルノ件ヲ裁可シ茲ニ之ヲ公布セシム
　御名御璽
明治四十三年八月二十九日
　　内閣総理大臣侯爵桂太郎
勅令第三百十八号
韓国ノ国号ハ之ヲ改メ爾今朝鮮ト称ス
　附則
本令ハ公布ノ日ヨリ之ヲ施行ス」

「勅令第三百十八号」の意味するものは、天皇の名において、韓国の国号を剥奪し、単なる日本領土の地方名としての「朝鮮」におとしめたものであった。もはや朝鮮半島に国は存在しないことを宣告しているのである。啄木は「韓国併合」の本質、「勅令第三百十八号」の意味する所を、十分すぎるほど承知していたであろう。それにもかかわらず、啄木が「朝鮮国」と歌った意味は何か。

啄木は、いかなる地図にもあり得ない「朝鮮国」を作品のイメージの中に現出させた。この「国」の一語の導入は、まさに思想の問題であった。「時代閉塞の現状」を書き、その中で、厳しく「強権」の存在を摘発した啄木であった。その啄木が、「勅令」に抵抗し、あらたな国である「朝鮮国」を作品の中に持ち込んだのである。それは、天皇の名によって略奪された国家と民族への鎮魂の思いであり、遠い先での、奪われた「国」のあらたな再生への、期待であった。啄木歌「地図の上」での理解において、人びとは墨を塗るイメージによって強く印象づけられてきた。しかし、さりげなく一首の歌い出しに潜ませた「国」の一字が、かくも重おもしい内容を持つことを、人びとは長いこと気附かずに来たのである。

「時代閉塞の現状」によって、啄木は「国家」を明瞭に「敵」として認識した。それは、現在の生活に「家族制度、階級制度、資本制度、知識売買制度の犠牲」(「歌のいろ〳〵」)を強いてくる「敵」であった。その「敵」が、他民族の国家を武力によって消滅させたことにたいし、恐らく啄木は、この一首の短歌によって、二つの民族の共通の「敵」としての天皇制国家を告発し、さらに表現によって、言葉の力によって、さらに深い一撃を加えたかったに違いない。

本稿の余白もすでに尽きて来ている。最後に、人口に膾炙《かいしゃ》されて来た、次の歌にふれて終りとしたい。

新しき明日の来るを信ずといふ
自分の言葉に
嘘はなけれど――

研究者の多くは、歌の最後に引かれた「――に啄木の悲観を見て来た。「新しき明日」を確信して来たけれども、もはやそれは実現しがたいとして、失望、落胆していると云った読みである。だが、こうした解釈は、この作品が、「時代閉塞の現状」後のものであり、「何事にまれ正面《まとも》に其の問題に立ち向かって底の底まで究めよう」と「歌のいろ〳〵」（『東京朝日新聞』明治四十三年十二月十日〜二十日）で書く直前のものであることを思えば、いかにも、誤りであることは明らかである。

「新しき明日」の歌は、実は不思議な構造をもった作品である。短歌は本来、一首の中でその余情を完結することを伝統的原則として来た。しかし啄木は、この作品をある種の未完状態においている。「新しき明日」への確信を表明しながら、そこに迫る具体的な方途について、啄木はとまどい、逡巡《しゅんじゅん》している。それを「――」と表現したまま、作品をおさめているのである。この逡巡について、「さて、君ならどうする」といった問いを、読む者に投げかけている気配を、作品はひそませている感じもする。

このように、「新しき明日」のうたは、未完成の姿にもかかわらず、多くの人びとに愛唱されて来たのは、この作品の情感のベクトルが、未来を指向しているからである。

啄木が逡巡した「――」部分について、実は啄木自身が見事な解明をあたえたのは、明治四十四年の歳末に起こった、東京市電の労働者のストライキに遭遇したことによってである。経済的要求をかかげた六千人の労働者の闘争は、片山潜の指導のもとに、十二月三十一日から、一月二日までストライキを行い、要求を実現して勝利した。すでに死の病の床にあった啄木は、この闘争の勝利に深い共感を示しながら、一月三日の日記の末尾に次のように記した。

「……国民が団結すれば勝つといふ事、多数は力なりといふ事を知って来るのは、オオルド・ニッポンの眼からは無論危険極まる事と見えるに違ひない。」（傍線・引用者）

ここには、「新しき明日」を実現すべき方途についての確信が述べられている。それは、

「国民が団結すれば勝つといふ事、多数は力なりといふ事」という、多数者革命の思想の発光であり、揚言であった。これこそ、啄木的世界の発展の方向であった。

こうして啄木は、未完の「新しき明日」の歌の「――」部分に、自歌自注を加えることによって、作品を完成させたのである。啄木はそれから四ヶ月後の、一九一二（明治四十五）年四月十三日に、わずか二十六歳二ヶ月の生涯を閉じた。明治が終わったのはさらに三ヶ月後であった。

啄木が「大逆事件」に遭遇して以降、まさに「冬の時代」のまっただ中で、命を削るようにして切りひらいていった、もっとも中心的な道は、文学の領域からする国家権力＝天皇制国家に対する批判であり、たたかいであった。それは、「知らず〳〵自分の歩み込んだ一本路の前方に於て、先に歩いてゐた人達が突然火の中へ飛び込んだのを遠くから目撃したやうな気持」（大島経男宛・明治四十四年二月六日）であったに違いない。

啄木が力闘して到達した思想と文学の高い峰は、明治の終焉に位置するものではなく、明治に続く新しい時代の出発点に位置するものであった。啄木的世界は、大正デモクラシーを通じ、一九二〇年代から三〇年代のプロレタリア文学運動へと、たしかな形でその裾野をひろげていった。かつて啄木が生活の発見をした明治四十二年の「一年間の回顧」の中で予見した「時代の精神」は、こうして「休みもせず、衰へもせず、時々刻々に進み且つ進んで」いったのである。その時啄木が聴いた「『将来の日本の足音』」は決して幻聴ではなかったのである。

(『季論21』二〇〇九年秋号)

書評

中村稔 著

『石川啄木論』（青土社・二〇一七年四月）

（一）

本書は、五百頁をこえる大著である。著名な詩人で、得意とする十四行詩（ソネット）の詩集『言葉について』では、第二十五回現代詩人賞を受賞した。また、三年ほど前まで日本近代文学館の理事長もつとめた。著者は、本書の「あとがき」で、「私は近代文学の研究者でもないし、まして石川啄木の研究者でもない。しかし、石川啄木の作品を多年にわたり読みこんできた事については啄木の研究者におとらないと自負している」（五二七頁）と述べているが、さすが、自負するにふさわしい力作であった、というのが、まずは私の第一の読後感であった。

本書の構成は、「第一部生涯と思想」「第二部詩・短歌・小説・『ローマ字日記』」とから成っており、各部ともに四章にわかれる。分量的には、第一部が第二部の二倍近くあり、著者が、啄木全体をとらえることに、力を注いでいることが、うかがわれる。また「ローマ字日記」が、本書のしめくくり的な位置に置かれているのも、関心を引く。参考のために、全目次をあげてみる。

（二）

著者は、第一章のはじめの方で、啄木が借金まみれの生活の中で出版した、詩集『あこがれ』巻頭の「沈める鐘」の詩の、冒頭二行をとり出して論じている所がある。

混沌《こんとん》霧なす夢より、暗を地《つち》に
光を天《あめ》にも劃《わか》ちしその曙、

この詩に対し、「先人は技巧に破綻をみせていないというけれども、私はこうした批評に疑問を持つ。」（三〇頁）とし、「イメージの壮麗、詩人の運命を自然と一体化しようとする意思の強烈さ、つまりは詩にもりこもうとした内容の豊かさに比し、措辞が貧しく、破綻が多い、」と述べているところがある。

この部分は、啄木が、盛岡中学を中退し、文芸批評家として身を立てようとしたことを、「傲慢」「無謀・無計画・場当たりの生活態度」と批判し、上京後の「金銭感覚に欠けた浪費癖」などに触れた文章のあとに続いたものである。

こうした先行研究や定説、時に俗説に対し、一切とらわれずに、自説を対置し、また、啄木のもった人間的、作品的弱点に対しても容赦をしない視点は、本書に一貫したもので、それが象徴のように第一章に示されている。これなくしては、本書の啄木論の高みは築かれなかったであろう。

「第二章　北海道彷徨」は、本書の中で、著者はもっとも多くの筆を費やしている部分である。啄木の北海道時代は、伝記的にも幾多のエピソードに彩られていることで知られるが、それは同時に、啄木が自家の人生哲学とした一元二面観が破綻していく時期であり、極貧を味わう時期でもある。それゆえ、啄木のもつ人間的矛盾も噴出した時代とも云えよう。たとえば就職したばかりの『小樽日報』で、啄木は野口雨情と画策し、江東主筆を追い出してしまう。そのあと、啄木は「主筆江東氏を送る」という告別の辞を紙面に掲げる。岩城之徳『啄木伝』は、これを「いんぎんな告別の辞」と好意的に云う。しかし著者は、啄木は「まことに鉄面皮といってよい。」（二〇七頁）と、「まことに」痛烈である。しかし、天才肌の啄木の行動が、周囲の反感を誘い出し、やがて『小樽日報』を去っていく姿に、著者は同情的である。

第二章では、啄木日記の長い引用がきわだってくる。

（三）

本書で、もっとも大きな特徴をなすものは、啄木日記を中心とした作品の長い引用である。それはまさに破天荒と云えるものである。たとえば第三章で、著者が「これほど真率に自己を語っている文章は少ない」とした、啄木の一九〇九年（明治四十二年）五月起稿の、回想文「一握の砂」は、二頁分ぐらいあって、全文かと思わせるほどである。象徴的なことで云えば、最後の章「ローマ字日記」では、四月十日の引用が一頁半あるが、五月一日の引用は実に三頁に及んでいる。

こうした引用で、著者は何をめざしたのであろうか。引用が、著書全面にわたるものであるゆえ、それは、本書のめざしたもの、ということにもなる。

啄木に、「明治四十一年歌稿ノート暇ナ時」があり、その中に「石破集」（『明星』七月号発表）百十四首がある。著者はその中から「感興を覚えた作品」（一八六—一八七頁）として、二十二首を書き出している。その中から四首をひく。

我が胸の底の底にも誰そ一人物にかくれて潸々《さめざめ》と泣く
悄然《しょうぜん》として前を行く我を見て我が影もまたうなだれて来る
燈影《ほかげ》なき室に我あり父と母壁のなかより杖つきて出づ
ふと深き怖れおぼえてこの日われ泣かず笑わず窓を開かず

著者が「石破集」抄出の作品に見ているのは、「狂気に近い心情」であり、「悄然として行く啄木を、もう一人の啄木が見ている。」、「これは誇張でもなければ幻想でもない。啄木は人生に地獄を見ていた」とし、啄木にある「深き怖れ」は、「自己という存在に対する実存的な怖れ」（一八六―一八七頁）だと云っている。引用は、啄木の現実的な姿をとらえ、啄木の心情の奥底に迫っている。

また、第二部第三章の書き出しで、「明治期の短篇小説の中で、石川啄木の『天鵞絨』を珠玉の一篇」（四三七頁）として推奨した場合にも、作品の要約や梗概を述べるのではなく、第一部に見られた日記の扱いと同じように、原作を真正面に立て、十八頁にわたって現作品の引用を中心として論じている。

そのようにして著者は、「天鵞絨」が、自然と都会の対立という先行研究〈今井泰子〉や、「東京にあこがれる娘たちの、つかの間の冒険譚」〈三枝昂之〉といった読みに対し、それは、「農村と都会との対立、農村における大地主と農民との格差、といった背景における二人の娘のけなげな冒険譚」（四五三頁）との、自説をきびしく対置させ、読みの深さを示している。

こうして見てくると、本書における啄木日記や、啄木作品の大量引用は、啄木の生活実像をほり下げ、まだ見ぬものに目見《まみ》えるための、必要不可欠な条件であり、またオリジナルでふかい作品評価を生み出す作業であったと知るのである。つまり、著者の引用スタイルは批評だったのである。

(四)

本書を読み終わって、啄木の全生活と全作品を見る著者の視点——生活者啄木を見つめる視線——というようなものを、不図思った。

天上から見下ろしていないことは、云うまでもない。それでは遠近法のような、いってみれば、遠方の詳細はわからない、という視点でもない。私の頭に浮かんで来たのは、何となく、オランダの画家の、レンブラントのような光線であった。レンブラントの光線の定義を私は知っていない。それは、私だけのものかも知れないが、レンブラントの光は、ある暖かさを持っていた。照らし出された光の世界は、明暗があざやかで、人はもはや虚飾をはぎとられ、真実に頭を下げざるを得ない。レンブラントの光の世界では、モノの陰影はあるが、その陰影を生むモノ全体の存在も感じさせる。人もモノも、存在の真実をさらさずにはいられない——。

石川啄木は、多くの人によって論じられてきた。啄木伝には多彩な切り口がある。しかし、啄木の真実――その生涯と思想を丸ごと論ずることは難しい。啄木全集はわずか八巻しかないから、組し易いというわけには、到底いかない。

二十六歳二ヶ月の短い生涯は、劇的であり、その思想は飛躍的に突き進んでいった。そうした飛躍の行間を、生活者啄木、表現者啄木、思想家啄木でしっかり埋めながら、全人的な啄木を刻むことは、啄木研究の上ではとりわけ重要なことと考える。

冒頭に引用した著者の「あとがき」に続く次の部分を最後に引用しておきたい。

「ごく若い頃から読んできた者として研究者とは違った視点があり、私なりの啄木の意義を表現したのではないかと感じている。私としては本書がいくらかでも啄木論、啄木研究に資することがあれば幸いである。」

中村稔の『啄木論』をこえることは、難儀ではあるが、研究者の今後の一つの重要な指標となることは間違いないことであろう。

（『季論21』二〇一七年秋号）

上田哲 著
『啄木文学・編年資料　受容と継承の軌跡』
（岩手出版・一九九九年八月）

命をかけた独創の書

上田哲著『啄木文学・編年資料　受容と継承の軌跡』は、きわめて独創的な著書である。本書は、一八八六年（明治十九年）の啄木誕生から、一九八六年まで、文字通り百年間にわたる、啄木の思想と文学の受容と継承について、その運動的な面についても、詳細・綿密な検討を加え、日附を追いながら明らかにしたものである。六百五十三頁にわたる、このぼう大な資料集を手にすると、著者が「あとがき」で述べているように、「起筆から十一年以上の歳月」をかけた辛苦のあとが、じかに伝わってくる思いがすると同時に、この長い歳月にわたる屈しない探求に深く心が打たれるのである。

本書は、一九九九年八月三十日の発行となっているが、著者は、翌年三月十日に急逝されている。文字通り本書の完成に命を堵したような生涯であった。

著者生前に贈られたこの労作を読みながら、これは、啄木研究の宝庫であるような思いにかられた。啄木をどのように受容・継承したかという内容は、当然、啄木の思想と文学についての評価・研究の問題と、その普及・運動の問題とに大きくかかわることになるであろう。資料や事がらが、時系列として整理されている本書は、一般編年史と異なり、読んでいて実に興味がつきない。それは、著者が、読者の耳もとに来て、あれこれと解説をしてくれるような、親切さを感ずるからである。『受容と継承の軌跡』を読むとき、読者自身が何かテーマをもっているならば、本書の魅力と威力は倍増しよう。

たとえば、戦前、戦後を通じて、啄木研究の最大の論争となった、啄木晩年の「思想的転向」についても、金田一京助の最初の発言から、戦後の論争の新展開と決着までを俯瞰することができる。また、啄木の生誕日論争についても、両論をていねいに追いながら、岩城之徳と昆豊の論争は決定打を見出せず「岩城の死去の直前近くまで続く」（五九一頁）と、克明に系統的なあとづけをしている。さらに、戦前最大の論争としての、一九二三年（大正十二年）五月、歌人の杉浦翠子が『短歌雑誌』に書いた「啄木めでたし」論争は、著者も関心をもったらしく、ここだけに「ノート」なるつぎの一文を書きつけている。「九ヶ月にわたったこの論争がもらしたものは、啄木が感傷的浪漫的詩歌人であるとともに、革命的社会主義的文芸家としての二面性をもっていることを明らかにし、一面的な把握だけでは、正しい評価が出来ないことを実証している。」(九三―九四頁)。

啄木の受容・継承にとって見落とせないものに啄木会がある。これだけに着目しても、優に一篇の力作レポートができるであろう。戦前・戦後の啄木会の盛衰は、あざやかな軌跡を描いて浮かび上がってくる。戦前、とりわけ昭和一ケタ代から二ケタ代に入ったばかりの時代には、「全国各地に約三十の啄木会が結成され、戦前・戦後を通じて啄木会の設立数が最も多かった」(一四二頁)ことが記述され、さらに、十五年戦争の拡大と相まって、啄木会が治安維持法の対象として弾圧され、壊滅させられていく様もうかがえるのである。

石川啄木記念館の設立や、著者が直接かかわり、精魂こめた啄木生誕百年記念事業については、実に詳細に資料が拾い出されており、啄木の故郷に根づいた著者の力に満ちた表情さえ浮かび上がってくる。一九八四年四月十四日の項に「上田哲が石川啄木記念会館学芸企画担当館長代行に就任」(五二七頁)とあり、これに続くカッコの中に、きわめて注目すべき言葉があった。「注　館側は十三日以前の就任を希望したが、上田の申し入れた啄木祭式場レイアウトの調整が出来ず(日の丸撤去)、この日付で就任」というのである。著者が、日の丸の押しつけに強く反対したのであろう姿がほうふつとしてくる。

啄木の持てる真実を
知るまでには、
牢にも入らねばならざりしなり。

これは、経済学者大塚金之助の歌である。

プロレタリア短歌運動の再出発として、一九三二年（昭和七年）一月に、雑誌『短歌評論』が創刊されたが、翌年の四、五月合併号として「啄木生誕五十年記念号」を出している。この「記念号」の内容は、『受容と継承の軌跡』でもかなり詳細に内容を紹介しているが、中野重治の「ハイネと啄木」もこの号所載である。翌五月号の巻頭歌には、石井光のペンネームによって「啄木を思ひつつ——生誕五十年——」と題した三行書きの短歌十二首が発表されているが、掲出の歌はその中の一首である。大塚金之助は、この「記念号」の出る三ヶ月前の一月に、河上肇らと検挙されていた。二月二十日には小林多喜二が虐殺されていた。こうした情勢の中で、獄中にあった大塚金之助が、啄木に深く思いをよせた歌を、啄木の正系を継ぐ自負にたった『短歌評論』に寄せたのであった。

この歌には、大塚金之助の抵抗の姿勢が、内面を凝視しながら歌われている。作者の視座には、「啄木の持てる真実」がすえられた。そして、啄木自身、戦前の暗黒時代に、権力によってどのように扱われたかも、この歌は明らかにしている。

『受容と継承の軌跡』においても、日曜日に北上川の啄木歌碑の清掃をした小学生が、駐在所で取り調べられ、進学や就職で不当な処遇を受けたことの事実が記述されている（一三一—一三二頁）。啄木のもつ事実をおし歪めようとする力は、戦前だけのことではない。今日にもそれは及んでいよう。啄木の事実の受容と継承は、それを阻むものとのたたかいなくしては進まないことを、本書を読みながら、あらためて深く思った。

（「国際啄木学会研究年報」第四号・二〇〇一年三月十一日）

〈対談〉生誕百二十年　石川啄木と現代

今年は石川啄木の生誕百二十年。啄木の短歌は、喜怒哀楽こもごも今も口ずさまれています。その特質、近現代短歌史の位置などについて、歌人の碓田のぼる、三枝昻之の両氏に語り合ってもらいました。

碓田　初めまして。私の所属する新日本歌人協会が今年、創立六十周年を迎えましたので、「六十年史」の編さん委員の仕事をしてきて、一段落したところです。啄木研究は、一九六〇年からですから四十年になります。

三枝　こちらこそ。私は、今年一月から月刊誌『歌壇』に、「新しい啄木」という連載を始めています。いまの時代だからこそ生きる啄木の魅力に光を当てています。

情念のころの歌との出合い

碓田　愛国少年だった私の啄木の歌との印象的な出合いは、敗戦の年で十七歳でした。高等小学校を出て長野の鉄道工場に勤めていましたが、石炭危機で「増産隊」が組織され、北海道の美流渡《みると》鉱山にいって採炭作業をやりましてね。粗末なつくりの宿舎で、汗と油のベニヤ板張り壁に小さな落書きがあるのに気づきました。朝鮮文字に混じって、日本語で歌が書かれていました。「今日もまた胸に痛みあり。／死ぬならば、／ふるさとに行きて死なむと思う。」と「地図の上朝鮮国にくろぐろと墨をぬりつつ秋風を聴く」の二首でした。

三枝　すごい啄木経験ですね。「地図の上……」は、歌集『一握の砂』『悲しき玩具』にも入っていないから、ほとんど知られていないはずですね。

碓田　ええ、この炭鉱には、強制徴用された朝鮮人も多く働いていたそうですから、その中に知識人も居て記したのではないか。私は以前に『ふたりの啄木』（労働旬報社）を出し、その中で、青年時代を回想して〝感傷詩人・啄木ともう一人の社会派・啄木がいたと思っていたが、実は一人の啄木だった〟と書きました。

三枝　私は中学校の授業で、「馬鈴薯のうす紫の花に降る／雨を思へり／都の雨に」の啄木歌について、先生の解釈に納得できなかったのが意識した最初です。昨年、大正生まれの歌人十二人のインタビューをまとめた『歌人の原風景——昭和短歌の証言』（本阿弥書店）を出しました。そのなかでも、「短歌をやるきっかけは何だったか」との質問に、浪漫主義の啄木歌をあげる人が多かった。少年の琴線にふれる歌が多くあるということですね。

自分の感情を重ねやすい歌

碓田　あたかも自分が体験したかのように思える「疑似感覚」の歌です。

三枝　私の父は甲府で衣料品店をやっていましたが、店番をして火鉢に手をあぶりながら、「はたらけど／はたらけど猶わが生活《くらし》楽にならざり／ぢつと手を見る」とつぶやいていました。そういうふうに自分の感傷を重ねやすい。それが啄木の魅力でしょう。

碓田　戦争末期、十五歳のころ、長野・野尻湖畔にあった鉄道工場の寮に時々いきまして、近くにいたドイツ人の娘さんに恋心をいだいた。自分の歌のようなふりをして、「君に似し姿を街に見る時の／こころ躍りを／あはれと思へ」「かの時に言ひそびれたる／大切な言葉は今も／胸にのこれど」の二首を贈った。啄木の歌を借用しても、自分の気持ちと矛盾しないから罪の意識はなかった（笑い）。

三枝　効果的な借用ですね。ふっと浮かんだ一般の人の生活感情をすくいあげるのが実にうまい。たとえば、「友がみなわれよりえらく見ゆる日よ／花を買ひ来て／妻としたしむ」の歌。花を買うところが暮らしに身近なプランですね。そこが啄木人気の幅広さになっているのでしょう。魅力の根源ですね。

碓田　岡邦雄さんが著書『若き石川啄木』（文理書院）で紹介した話があります。一人の受験生が幼い日に、母に連れられた北上川の河原に座り、「やはらかに柳あおめる／北上の岸辺目に見ゆ／泣けとごとくに」の歌を口移しで覚えさせられたと。つまり、母から子へ、そして孫へ、とタテの系列で歌い継がれる、そこに受容の特徴があります。

三大テーマが全部そろって

三枝　近代短歌の三大テーマは「青春・貧乏・病気」です。個々のテーマでいうなら、与謝野晶子の「青春」などそれぞれに代表される歌があります。でも啄木にはこの三大テーマが全部そろっています。「砂山の砂に腹這ひ／初恋の／いたみを遠くおもひ出づる日」など砂山十首の青春性、「百姓の多くは酒をやめしといふ。／もっと困らば、／何をやめるらむ。」は貧乏が主題。「やまひ癒えず、／死なず、／日毎にこころのみ険しくなれる七八月《ななやつき》かな。」は病気でしょう。啄木にはさらに「望郷」「社会意識」があって加えると五つのテーマにもなっています。近代以降、日本人の暮らし、感情、心の形を一番よく捉えた歌人だったのでしょう。啄木は、農村から都市に出た「生活者」の視点から詠《うた》った。「ふるさとの訛《なまり》なつかし／停車場の人ごみの中に／そを聴きにゆく」はまさに都市生活者の望郷の歌です。

碓田　評論「田園の思慕」（一九一〇年十二月）で啄木は、「産業時代といはるる近代の文明は、日一日と都会と田園との間の溝渠《こうきょ》を深くして来た。今も深くしてゐる。……都会に住む者の田園思慕の情も日一日深くなる。かかる矛盾はそもそも何処に根ざしているか」「私は私の思慕を棄てたくはない、益々深くしたい。……単に私の感情に於てでなく、権利に於てである。……現代文明の全局面に現れている矛盾が、何時かは我々の手によって一切消滅する時代の来るという信念を忘れたくない。安楽を要求するのは人間の権利である」と望郷歌の本質を宣言しています。

都市生活の孤独〝田園の思慕〟

三枝　啄木の短編小説『天鵞絨《ビロード》』(生前未発表)は、東京にあこがれて上京した娘さんが、都会生活にとまどって、そして連れ戻されるという物語ですね。短歌では、「こみ合へる電車の隅に／ちぢこまる／ゆふべゆふべの我のいとしさ」に現代に通じる都会生活の孤独が詠われています。明治にこんな形で都市生活の孤独を自覚的に詠った歌人はほかにいただろうか。この視点はいまに生きている問題意識です。

碓田　「田園の思慕」でいう「たよりない思慕、である。……それだけ悲しみが深い」。そのことをズバリ、表現していますね。

表現する自分を観察する目が

三枝　近代以降、短歌は『明星』が掲げたように「自我の詩」であり、自己表現の器となります。与謝野晶子がその代表格ですが、啄木は、表現している「自分は何者か」という自分を観察する目、もう一つの自分がいたところがおもしろい。

碓田　重要な指摘です。評論もそうですが、啄木は歴史への意識を土台に自己認識を発展させていきました。『一握の砂』のほとんどの歌はこの過程のものです。啄木短歌についての三枝さんの指摘は、彼の文学全体にいえることですね。

三枝　そういう目で、評論を読み直さないといけませんね。

碓田　啄木の自己認識は、一九〇九年（明治四十二年）十月、妻節子の家出事件以来、急速に深まります。大逆事件にぶつかり、「時代閉塞」の現状を見つめ、自分がどうなっていくか、その目がシャープです。

三枝　島木赤彦、斎藤茂吉、北原白秋らは、近代短歌を「りっぱなもの」にしようとして旗揚げしました。ところが、啄木の短歌観は、変哲がないからいい、手間ひまがかからないからいい、といって暮らしに近いものを捉えていますから、ちょっと違う。

碓田　たしかに啄木は歌を便利で表現しやすいものと考えていました。しかし、「ある」不便も感じていました。その「ある」とは家族や階級、資本、知識売買といった社会制度の根本は、変えたくても変えられない、というジレンマ、切ない思いがありました。それらが自由にならないから啄木にとっての歌は、「悲しき玩具」なのです。

子規につらなる短歌革新の系譜

三枝　国も社会制度も変えられない非力な文芸であることを知っていたのです。だから庶民の心底に届くし、結果的に強いのだと思います。正岡子規は歌論『歌よみに与ふる書』（一八九八年）で、短歌を上流社会から一般人に解放することを説きました。啄木の歌は、子規の意図を一番理解し、実現したのではないでしょうか。

碓田　三枝さんが以前から指摘されたように、短歌革新の系譜は、子規から啄木になります。まったく同感です。

三枝　子規は「普通の言葉を使え」といった。特殊な和歌の世界が築いてきた奥深い「歌語の世界」をやめようというのです。作法に自由でありたいという時代意識のなかで、それを作品としてうまく表現したのが啄木だった。生活派というプロレタリア短歌の系譜で啄木は論じられてきました。もう一つ、モダニズム短歌の系譜の啄木がもっと論じられていい。

碓田　それはおもしろい。『明星』で修辞の工夫を鍛えられた啄木が、それを生かしてモダニズムを誘い出したという流れですから。

三枝　啄木の歌を読むと、居場所のない、理由なく寂しい、という今の若者の生活に近いものがあります。「うすみどり／飲めば身体《からだ》が水のごと透きとほるてふ／薬はなきか」という変身願望など現代に通じる心情だと思います。

碓田　私は、自己の歴史認識を発展させた啄木に注目します。「新しき明日の来《きた》るを信ずといふ／自分の言葉に／嘘はなけれど――」の歌。明治四十五年の市電ストについて日記に「国民が団結すれば勝つ、多数は力なり」と書き残した啄木です。もう一つは、「いかに生きるか」の問題を、いまの時代に、啄木から学んでほしい。

三枝昂之（さいぐさたかゆき）＝一九四四年生まれ。歌人。歌誌『りとむ』発行人。日本歌人クラブ会長、山梨文学館館長。歌集に『水の覇権』（現代歌人協会賞）、『甲州百目』（寺山修司賞）、『農鳥』（若山牧水賞）など。歌書『昭和短歌の精神史』（芸術選奨文部科学大臣賞）。

（『しんぶん赤旗』二〇〇六年九月四日―五日付）

啄木断章

2019年10月７日　初版第１刷発行
著　者　　碓田 のぼる
発行者　　新舩 海三郎
発行所　　株式会社 本の泉社
〒113-0033 東京都文京区本郷2-25-6
TEL. 03-5800-8494　FAX. 03-5800-5353
印刷・製本　新日本印刷 株式会社
ＤＴＰ　　木椋 隆夫

ISBN978-4-7807-1943-7　C0095